「神殿がどうかした？」

すぐ傍で声が聞こえて、
リオが顔を向ける。
そこにはソラとそう歳の変わらない
小さな子供が立っていた。

精霊幻想記
【せいれいげんそうき】

「ね、私と遊ぼうよ？」

女の子は胸の谷間を誇張するように
貴久の腕に押しつけた。
香水の甘い香りと、
柔らかな肉の感触が伝わって――

精霊幻想記

24. 闇の聖火

北山結莉

HJ文庫
1103

口絵・本文イラスト　Ｒｉｖ

CONTENTS

リオ（ハルト＝アマカワ）

ベルトラム王国の孤児として転生した本作主人公
勇者との死闘の末に超越者の一人・竜王として覚醒
代償として人々の記憶から消えてしまっている
前世は日本人の大学生・天川春人（あまかわはると）

アイシア

リオを春人と呼ぶ契約精霊
その正体は七賢神リーナが造り出した人工精霊

セリア＝クレール

ベルトラム王国の貴族令嬢
リオの学院時代の恩師で天才魔道士

ラティーファ

精霊の里に住む狐獣人の少女
前世は女子小学生・遠藤涼音（えんどうすずね）

サラ

精霊の里に住む銀狼獣人の少女
現在はガルアーク王国にて美春たちと共に行動中

アルマ

精霊の里に住むエルダードワーフの少女
現在はガルアーク王国にて美春たちと共に行動中

オーフィア

精霊の里に住むハイエルフの少女
現在はガルアーク王国にて美春たちと共に行動中

綾瀬美春
あやせみはる

異世界転移者の女子高生
春人の幼馴染でもあり、初恋の少女

千堂亜紀
せんどうあき

異世界転移者の女子中学生
兄である貴久と共に謹慎中だったが……

千堂雅人
せんどうまさと

異世界転移者の男子小学生
聖女エリカの死亡後、勇者として覚醒する

登場人物紹介

フローラ＝ベルトラム

ベルトラム王国の第二王女
姉であるクリスティーナと共に行動中

クリスティーナ＝ベルトラム

ベルトラム王国の第一王女
祖国を脱出し、アルボー公爵派と対立する

千堂貴久
せんどうたかひさ

異世界転移者で亜紀や雅人の兄
セントステラ王国の勇者として行動する

坂田弘明
さかたひろあき

異世界転移者で勇者の一人
ユグノー公爵を後ろ盾に行動する

重倉瑠衣
しげくらるい

異世界転移者で男子高校生
ベルトラム王国の勇者として行動する

菊地蓮司
きくちれんじ

異世界転移者で勇者の一人
国に所属せず冒険者をしていたが……

リーゼロッテ＝クレティア

ガルアーク王国の公爵令嬢でリッカ商会の会頭
前世は女子高生の源立夏（みなもとりっか）

ソラ

リオの前前世にあたる竜王の眷属たる少女
竜王として覚醒したリオに付き従う

皇 沙月
すめらぎさつき

異世界転移者で美春たちの友人
ガルアーク王国の勇者として行動する

シャルロット＝ガルアーク

ガルアーク王国の第二王女
ハルトに積極的に好意を示していた

レイス

暗躍を繰り返す正体不明の人物
計画を狂わすリオを警戒している

桜葉 絵梨花
さくらば えりか

聖女として辺境の小国で革命を起こした女性
リオとの戦闘後、自らの望みを叶え死亡

【プロローグ】

アルマダ聖王国。聖都トネリコに存在する迷宮で。リオとソラが迷宮の第十一階層に到達して、行き詰まった頃のことだ。

迷宮のどこか奥深く。広大な空間の中央には、巨大な術式の魔術陣が描かれている。そこに白装束の幼い子供がいた。年頃は十歳にも満たないだろうか？　目許が隠れるほどに前髪が長いせいか、男の子にも女の子にも見える。

子供はとても愉快そうな笑みを覗かせながら、天井を見上げていた。すると――、

「こんばんは」

純白のローブを身に纏った、プロキシア帝国の外交官を務めるレイス＝ヴォルフとよく似た男性が現れる。

「ああ、君か。久しぶり」

「ゴーレムが必要でして、回収しにきたんですが……。何を見ているんですか？」

「ちょっと、いや、とても面白い存在がいてね。最近、外の世界の様子はどうだい？」

「……珍しいですね。貴方が外の世界に興味を持つとは」

「ああ、俄然興味が湧いた。もしかしたら君がゴーレムを回収しに来た理由とも絡むんじゃないかなって思うんだけど……」

子供はようやく天井から視線を外すと――、

「ねえ、フェンリス兄さん」

悪戯っぽく笑って、レイスによく似た男性を見つめる。

「…………………」

フェンリスと呼ばれた男は何を考えているのか、しばし押し黙った。

「今、迷宮に面白い二人が忍び込んでいるんだ。十一階層を探索している」

と、子供は再び天井に視線を向けながらフェンリスに語った。

「ああ、そういう……」

フェンリスは何か腑に落ちたような顔になる。

「おや、今の情報だけで何か心当たりがあるのかい？」

「十一階層に到達するとなると、英雄クラスの使い手達で徒党を組むか、大英雄クラスの人物でなければ不可能ですからね。ましてやその二人は十一階層を探索しているのでしょう？　戦っているわけでも、逃げているわけでもなく」

と、推察するフェンリス。

「ああ、配置していた魔物は殲滅済みだよ。今は十二階層へ続く道がないか、ゆっくりと調べているみたいだ」

そう言って、子供はひょいと肩をすくめる。

「となれば、私が知る限りで思いつく候補は極少数です。私が把握している最警戒対象の三人……。いえ、今は四人ですね。おそらくはその内の誰か二人なのでしょう」

いったい誰を思い浮かべたのかはともかく、フェンリスには警戒している四人の人物がいるらしい。

「へえ、いま十一階層にいるような化け物がまだ他にも二人いるんだ」

「世界は広いですからね。私の知らぬ強者がまだ他にいる可能性もありますが」

「ま、それはそうだけど。じゃあ、いま十一階層にいる二人のことを教えてよ。一人が竜王の眷属であることはわかったんだけど、もう一人の男が誰かわからなくてね。見た目は人間族の十代半ばってところなんだけど」

「……竜王の眷属と、十代半ばの少年ですか。やはり……」

フェンリスは右手の人差し指と親指で顎を撫で、なんとも億劫そうな溜息を漏らす。そして――、

「そこまでわかったのなら、予想はつくでしょう？　眷属が主人以外の誰かへ自発的に付き従う理由などないのですから」

と、付け加える。

「……竜王だっていうのか？　まさか。僕が彼を見間違えるはずがない。眷属はともかく竜王が生きていたとは思えない」

子供はよほど驚いたのか、興奮気味に語る。

「もちろん、竜王が生きていたとは私も思いません。ですが、いま私が思い浮かべている相手と、十一階層にいる少年が同一人物であるのなら、彼は間違いなく超越者として世界に認定されています」

「…………………」

「おそらくは権能を行使したのでしょう。それで神が定めた世界のルールが発動し、彼は超越者へと至った。人の身でありながら、ね」

「…………信じられないな。人の身では超越者の権能行使に耐えられないはずだ。高位精霊と同化している勇者でも死に至る」

「ええ。ですが、彼が超越者として存在していることは揺るがない事実です。ほんのつい最近まで、人間社会に交ざって生きていたことも」

「ふうん、ずいぶんとその相手のことを知っているみたいだね」

と、子供はフェンリスが語る男性の情報に興味を示す。

「因縁のある相手ですからね。彼が超越者になる前から色々と……」

「僕が迷宮に引きこもっている間に、兄さんはお楽しみだったというわけだ」

「今の話を聞いてなぜそう感じたのか、理解に苦しみます」

フェンリスはやれやれと嘆声を漏らした。

「張り合いが出てきたじゃないか。盤上で一方的に駒を動かし続けるだけの遊戯みたいな計画に退屈していたんだ」

面白くなってきたと、子供は上機嫌に語る。

「我々の計画は遊戯ではないのですがね」

「使命と享楽は両立するものさ。楽しみがあるからこそ、使命にも張り合いが出る」

「遊戯の対戦相手は賢神のリーナであるかもしれないんですがね」

「……竜王がいるのなら、あの女がいてもおかしくないのか。竜王と一緒に死んだと思っていたけど……」

フェンリスが賢神リーナの名前を口にすると、子供は露骨に顔をしかめた。

「存命かどうかはまだ確認できていません。ただ、どうにもあの女神の存在がチラつくのは確かです。もしかすると千年前の時点で我々の計画を見透かして、何か仕込んでいたのかもしれない」

「未来を見透かしてくるあの女がいると、一気にやりづらくなるね。ただでさえ小賢しいことこの上ないというのに」

という口調のわりには、子供の表情に愉悦の色合いが戻る。やはり楽しく思う気持ちはあるのかもしれない。

「話を戻しましょうか。死んだはずの竜王。その権能を宿す少年が、眷属を引き連れてこの迷宮を訪れている。これはともすると非常にまずい事態です」

「本来なら僕が許可しない限り十二階層へは来られないけど、竜王の権能を使われると話が変わる可能性があるな。いきなり大将戦は僕の好みじゃないけど、排除するかい？」

「……いいえ。十一階層に留まっている限りは、こちらから仕掛ける必要はありません」

フェンリスは交戦の判断を先送りにした。

「慎重だね。ここで眠らせているゴーレム達だって何体もいるし、迷宮の管理者である僕も同行すれば神が定めたルールの効力を中和することもできる。兄さん本来の力もある程度は取り戻して戦えるはずだけど」

「彼が竜王の力を完全に使いこなすことができるとしたら、こちらにも看過できない被害が生じる恐れがある。焦りはしましたが、慌てる状況ではありません。我々の計画をどこまで見抜いて彼らがこの地を訪れているのか、まずは情報収集を行うべきでしょう。少なくとも十二階層より下へ降りてこない限りはね」

と、フェンリスが方針を打ち出すなり――、

「なるほど。なら、僕に任せてよ」

子供が好奇心を滲ませて申し出た。

「……………何を任せろと？」

フェンリスは軽く溜息を漏らして尋ねる。

「もちろん、情報収集をだよ。僕らの手の内がどれだけ把握されているのか、知る必要があるんだろう？」

そう言って、子供は不敵に口許を歪めた。

【第一章】 ❖ 聖都トネリコにて

迷宮の深部で子供がフェンリスと会話を繰り広げていた頃。リオとソラは直径数キロメートルにも及ぶ十一階層の探索を終えて――、

「やっぱり十二階層に続く道はないみたいだね」

階層の入り口付近で合流していた。

「申し訳ございません。ソラも下に続きそうな道を見つけることはできませんでした」

「謝ることじゃないよ。目に見える通路がない。ということはどこかに隠されているか、やっぱり十一階層が迷宮の最下層なのかもしれない」

リオは優しくソラに微笑みかける。

「いっそのこと、壁を掘り返して進んでみますか？」

ソラが右腕を動かして、力こぶを作るような仕草をする。

「掘るなら壁の向こう側に空間があると確実にわかっている場合に限るかな。無計画に掘り進めると崩落の危険もあるしね」

　リオが広大な十一階層を見渡しながら言う。

（とはいえ、くまなく探そうとすると骨が折れそうだな）

　壁の向こうに空洞があるかどうかは魔力を流し込んでみればわかるが、十一階層の広さは直径数キロメートルにも及び、天井の高さは百メートル以上もある。探索のモチベーションが削られる光景に、リオは軽く溜息をついた。

　だが、迷宮の十一階層は人類未踏の領域だ。せっかくここまで来て、一帯をぐるっと散策したくらいで引き返すわけにもいかない。賢神リーナが竜王を転生させた手がかりが、神魔戦争が勃発したこの地にある可能性があるのだから……。

「よし。じゃあ、壁や地面の向こうに開けた空間がないか、精霊術を使って調べてみようか。これだけ広いから、時間はかかるだろうけど……」

　幸い岩の家を設置すれば寝泊まりはできるから、日をまたぐ調査も可能だ。

「そんな雑事を竜王様にさせるわけにはいきません。このソラにお任せください！」

「ソラちゃんだけにそんなことをさせられないよ。ただでさえこんなに広い空間なんだから、二人で手分けしてやろう」

「ですが……」

「いいから。俺がソラちゃんと一緒にやりたいんだ」

「そ、そうなのですか？　承知しました！　では……！」

リオに一緒にやりたいと言われたことが嬉しかったのか、ソラは声を弾ませて頷く。そうして、二人はより入念に十一階層の調査を行うのだった。

一方、迷宮の最深部で。

「やっぱり十二階層に降りる手段はわかっていないみたいだね。まだ調査を継続するみたいだけど」

と、白装束の子供が天井を見上げながらフェンリスに説明する。リオ達が何をしているのかをあたかも実際に見ているかのようだった。長い前髪に隠れたその瞳で、いったい何を見ているのか？

「問題は十二階層があると確信しての調査なのか、あるかもしれないと考えての調査なのかですね」

「どうだろうね。リーナの指示で迷宮に足を踏み入れているのなら、十二階層への行き方も知っていそうなものだけど。諦めて出て行くようなら、十二階層があるかどうかはわかっていない可能性が高いのかもしれない」

「確かに……。いずれにせよ、しばらくは静観するしかなさそうですね」

フェンリスは「ふむ」と唸り、溜息を漏らした。

「二人のことは僕に任せて、兄さんは自分の仕事に戻っていいんだよ。ここに引きこもっている僕と違って、兄さんは忙しい身だろう？」

「それが出来たら苦労はしないんですがね……」

「おいおい、可愛い妹のことをもっと信頼してくれてもいいじゃないか」

「貴方、彼のことをまだよく知りもしないでしょう？　超越者になる以前から、本当に油断ならない相手なんですよ」

「だから僕が下手を打って計画が台無しになる心配をしているわけか。まったく……」

「貴方の性格からして、目を離すと彼に会いに行ってしまいそうな気がしますからね」

「あはは。安心してよ。もちろん時と場所は選ぶから」

白装束の子供は否定せず、ひとしきり愉快そうに笑うとそう言った。

「……まさか、外で会うつもりですか？」

フェンリスが意外そうに目をみはって尋ねる。もしかすると、妹が迷宮の外に出ようとすることがそれだけ珍しいのかもしれない。

「ああ。流石に迷宮の中で会いに行けば不審がられるだろうからね」

「ふむ……」

ならば検討の余地があると思ったのか、思案顔になるフェンリス。

「実際、迷宮の外でなら、僕が彼らの前に姿を現すのはそう悪い手じゃないだろ？」

「外の世界では貴方も大幅に弱体化するリスクを背負いますが……」

「僕がやらかす心配をしているのかと思ったら、今度は過保護かい？　まったく、兄さんは僕のことが大好きだなあ」

「我々の計画を達成するためには、貴方の存在が必要不可欠だからです」

「はは、そういうことにしておこうか。で、どうする？」

僕に彼の調査を任せてみない？　と、白装束の子供はフェンリスをまっすぐ見据えて問いかけた。果たして——、

「……いいでしょう。確かに、私よりも貴方の方が適任かもしれない」

フェンリスは重たい首を縦に振る。

「決まりだね。竜王の権能を手にした彼が千年前の竜王と同一人物なのか、まずはそこから明らかにしようじゃないか」

小一時間後。場所は同じく聖都トネリコ。法王フェンリス＝トネリコが主を務める宮殿の執務室で。

「やれやれ……」

フェンリスは純白のローブを身に纏い、億劫そうに溜息をついて椅子に腰を下ろしていた。すると――、

「猊下、よろしいでしょうか？」

開きっぱなしのドアから、高貴な白い衣装を着た若い女性がやってきた。彼女の名はアンナ＝メンドーザ。法王の秘書官を務める高位の神官である。アンナの腕には大量の書類が抱えられていた。

「どうぞ、入りなさい」

「数ヶ月に亘る封印の儀、誠にお疲れ様でした」

「ええ。私はとても疲れています。またすぐに封印の儀に戻らねばなりませんし、休ませてもらいたいのですが」

「なりません。猊下が留守になさっていた間に、目を通していただきたい案件が溜まって

おります。どうか、ご確認を」

「だから帰ってきたくはなかったんですがね……」

という二人の会話から察するに、どうやらフェンリスは数ヶ月ぶりに宮殿へ戻ってきたらしい。封印の儀とやらが何なのかは不明だが……。

「わかりやすく解説してもらえますか、プリエステス、アンナ」

フェンリスはにこやかにアンナへ微笑みかける。

「喜んで、猊下。まずは最優先でご説明すべき案件につきまして、最近、神官の間で横領が横行しているようでして……」

アンナは抱えた書類に関する説明を、言葉通り実に嬉しそうに開始した。その眼にはフェンリスに対する畏敬の念が見て取れるほどに溢れている。

他方、フェンリスはアンナの説明を聞きながら「ふむ」とか、「なるほど」とか、「ああ、そうですか」と、定型的な相槌を淡々と打っている。差し出されて受け取った書類を素早く一瞥しながら――、

(古巣に戻ってみれば、なんとも間が悪い。いや、むしろ私が戻るタイミングで彼が来てくれて幸いだったと考えるべきですかね?)

そんなことを考えながら、ふと、窓の外に視線を向けた。

（彼と眷属がこの地にいる以上、戦力が分散したガルアークの守りは薄いはず。回収したゴーレムを投入するなら、今この時がまさに好機なんですが……）

賢神リーナがほくそ笑む姿がフェンリスの脳裏に浮かぶ。もし、リーナが本当にリオの背後で糸を引いているとしたら？

未来を見透かす力を持っている彼女が、今のこの状況を予知していなかったとは考えられない。リオが戦力を分散させたことを知ったフェンリスが、どういう行動に出るかも当然見透かしていたことだろう。その上で、罠を張り巡らせている恐れがある。

（……本当に厄介な相手ですね。あの女神の顔がチラつかなければ、迷わずガルアーク王国を強襲しているところなんですが……。それでセリア＝クレールと、上手くいけば彼の契約精霊である彼女も排除できるというのに）

法王フェンリスは逡巡し、嘆かわしそうに溜息を漏らした。すると――、

「……あの、猊下」

アンナが説明を中断し、フェンリスの顔を覗き込んできた。

「どうしたのですか？」

フェンリスは窓から視線を外して、アンナに視線を向けた。

「その、窓の外を眺められていたようなので、恐れながら上の空でいらしたのかなと」

「貴方の説明を聞く片手間に、並行して他のことも考えていただけのこと。寄付金の多額な横領に手を染めていそうな部署の目星もつきましたよ」

フェンリスはそう言いながら、アンナから受け取っていた書類を机に置いた。書類には神官達が所属する各部署の収支が記されている。フェンリスは横領が横行していそうな部署の書類にチェックを入れて、アンナに差し戻した。

「さ、流石です……！」

「計算がいい加減だったり、数字の端数が不自然だったりした部署を見分けただけです。お布施を多少懐に収めることについては目を瞑るのが慣例ですから、とりあえずは私がその者達の部署に顔を出して釘を刺しておくとしましょう。その後はしばらく様子を見て状況が改善されるか経過を観察するように」

「はい！　では次の案件につきまして……！」

「ええ、手早く終わらせるとしましょう」

フェンリスは溜息交じりに頷く。そして――、

（情報収集が済むまで、もう少し様子を見てみるとしますか。街中で鉢合わせられても面倒ですし、レンジさんには一度プロキシア帝国に戻ってもらわねば）

再び窓の外に視線を向けて、聖都の街並みを眺めた。

二日後の昼下がり。

十一階層中の壁や地面に魔力を流し込み、精霊術で念入りに十二階層へ続いていそうな道や空間を捜したリオとソラ。しかし、結局、二人が十二階層を発見することはできなかった。そうして迷宮の十一階層を去り、地上に戻ると――、

「流石に日の光が眩しいね……」

リオは太陽に手をかざして目を細めた。迷宮内部も壁や天井がぼんやりと光っていたから明るいといえば明るかったが、流石に太陽の光量には遠く及ばない。久しぶりに日の光を浴びたからか、いっそう眩しく感じたのかもしれない。

「ああ、お労しや。竜王様の瞳が……。目に悪いですから、あまり直視なさらないでくださいませ」

「あはは、大丈夫だよ。すぐに慣れるだろうから」

「それにしてもリーナの奴め。こんな薄暗くてジメッとした空間で二日間も竜王様を過ごさせやがって……」

「別にリーナのせいではないよ」

「いいえ、すべてはリーナのせいです！　竜王様に何かさせようと千年後に転生させるだけ転生させておいて、碌な手がかりを残していないとかやっぱりありえないのですよ！　おかげでこんな無駄足を竜王様に踏ませやがったです」

ソラはぷりぷりと賢神のリーナに憤る。

確かに、竜王の権能を手にしたリオに何かをさせるつもりなら、何かしらの手がかりを残しておけという思考に至るのは至極当然だ。

とはいえ、未来を知っている人物が、あえて手がかりを残していないのだ。手がかりを残さなかったこと自体に何か意味がある可能性もある。

「まあまあ、手がかりらしい手がかりが見つからないことはわかったんだから、それも立派な収穫だよ。とりあえずは気持ちを切り替えて、都市に戻って何か美味しいものでも食べにいこうか」

リオはやんわりとソラを取りなした。

「お、美味しいもの……！　そうですね、行きましょう！　まったく、竜王様のお慈悲に感謝するですよ、リーナ」

美味しいものに気を惹かれたのか、ソラは頭上にある太陽みたいに明るい笑みを覗かせ

る。そうして、リオとソラは迷宮から聖都トネリコへと戻ることにした。ご機嫌な足取りで歩きだすソラ。ただ――、

（やっぱりこの迷宮が怪しいことは怪しいんだけど……）

リオは去り際に後ろ髪を引かれ、一度だけ迷宮の入り口を振り返る。

今から千年以上も昔、六賢神達はこの地で世界に孔を空ける実験を行った。その結果、異界から魔物達が押し寄せ、神魔戦争が勃発したという。その迷宮から今もなお、魔物達が出現し続けている。それで迷宮が怪しくないと考える方が不自然だろう。

とはいえ、二日もかけて行き止まりの十一階層を調べ回った。あれから十一階層に魔物が現れることはなかったし、壁や地面の向こう側に隠された空間もなく、本当に行き止まりなのだと判断したからこうして地上に出てきたのだ。漠然と怪しいからという理由だけで調査を継続したとしても、何か成果が得られたとも思えない。

「竜王様、どうされましたか？」

「いや、何でもないよ。行こうか」

リオが足を止めていたからか、ソラがすぐに気づいて声をかけてきた。リオは杞憂を振り払うように、かぶりを振る。そして、今度こそ迷宮の入り口から遠ざかっていく。すると、その後を追うように、巨大な迷宮の入り口から一人の子供が出てくる。

「久々の地上だ。さて……」

白装束の子供は顔を上げ、日の光を吸(す)い込むように太陽を直視した。そして視線を下げ、だいぶ前方を進むリオとソラの姿を視界に収める。直後、子供は二人の後を追うように、ゆっくりと歩きだした。

それから、リオ達は聖都トネリコの街中へ移動した。どこか美味しそうな飲食店でも見つけて入ろうと、大通りに向かって歩いている。その間に――、

「リーナが神魔戦争の時代に危惧(きぐ)した何かだけど。てっきり神魔戦争の時代に関係する何かだと思っていたけど、実はまったく別な問題である可能性もあるんだよね」

と、リオがふと思ったことを言う。

「その場合はもう調べようがないですよ。アホなリーナが悪いんですから、竜王様が扱(こ)き使(つか)われる必要なんてないです」

「でも、俺達(おれたち)が何かを見落としているだけの可能性もあるからね。それこそ、やっぱり迷宮が関連している可能性もある」

「では、もう一度、迷宮に潜ってみますか？」

「……そうだね。もう一度くらいは迷宮に潜ってみてもいいかもしれない。けど、その前にこの土地に関する情報をさらに詳しく調べておきたいかな」

いかんせん手持ちの情報が少なすぎる。最初に潜る時にも都市の住人や冒険者ギルドの職員に聞き込み調査くらいはしたが、あくまでも表層的な情報くらいだ。

「どこかそれに適した場所はあるでしょうか？」

「うーん。一箇所だけ、色々と調べられそうな場所に心当たりはあるんだけど……」

「おお！　流石は竜王様です！　どこなのでしょうか？」

「この都市にある神殿だよ。この土地を管理する人達が暮らす場所だから、この土地にまつわる古い文献が保管されている書庫もあるんじゃないかな」

「なるほどです！　では、神殿の書庫に行かないとですね！」

「そうだね。神殿の書庫を調べられたらいいんだけど……」

リオが困り顔で相槌を打つ。馬鹿正直に書庫を調べさせてほしいと神殿を訪れたところで、許可されるわけがないと思っているからだ。

手書きで書物を制作しているこの世界で、本は高級な貴重品である。見ず知らずの者達の立入りをそう簡単に許可するはずがない。となれば――、

（忍び込むしかない、のかな……。けど、忍び込んだところで書庫にゆっくり滞在するわけにはいかないし……）

いくら超越者が人の意識に留まりづらく、記憶に残らない存在であるとはいえ、堂々と書庫に侵入して本を閲覧している姿を目撃されれば騒ぎになる。

そして騒ぎを起こせば、騒ぎが起こった事実だけは人々の記憶に残る。それで警戒されてしまって、以降は忍び込みづらくなってしまう恐れがある。だから、できることなら騒ぎを起こさない方が好ましいことは確かだ。

いったいどうしたものかと、リオが悩んでいると――、

「ねえねえ」

リオとソラに声をかける者がいた。

「……え？」

すぐ傍で声が聞こえて、リオが顔を向ける。そこにはソラとそう歳の変わらない小さな子供が立っていた。

「神殿がどうかした？」

と、子供はリオに尋ねる。

中性的な顔つきをしていて、真っ白な髪の色をしている。前髪が長くて目許が覆われて

いるせいか、少年なのか、少女なのかはわかりづらい。

おそらくは神殿に勤める神官の見習いだろうか？　白装束がそのことを示していた。派手な装飾が施されているわけではないが、良い生地を使っている。もしかしたら高位の子弟なのかもしれない。

「………………」

これといって目立つ真似はしていなかったはずなのに、超越者とその眷属に声をかけてきた。そのことに驚いたのか、リオは瞠目する。

「あん？　今、竜……リオ様とソラは忙しいですから、ガキに構っている時間はないですよ。あっちに行けです。しっ、しっ」

ソラは露骨に鬱陶しがって、子供を追い払おうとした。

「あはは、君、面白いねえ。自分だってガキなのに」

「なっ⁉　ソラは大人のレディです！　失礼なガキですね！」

ソラはムキーッと犬歯を覗かせて少女を威嚇する。

「まあまあ、ソラちゃん……。ごめんね。君は誰なのかな？」

リオはソラを取りなして、子供に問いかけた。

「ご覧の通り、神殿の関係者でね。君達が神殿のことを口にしているのが聞こえたから、少し興味を持ったんだ」

と、子供は両腕を掲げて白衣の生地をひらひらとさせて、自分が神殿の関係者であることを明らかにした。

「そうなんだ。俺達は神殿というか、この土地にまつわる歴史とかに興味があって話をしていたんだ。神殿ならそういった情報も管理されているのかなと思って」

「そうなんだ。それはそうと……」

子供は不意にリオの目の前まで近づき、ぐいっと顔を見上げた。そのまま抱きつかれそうなほど近づかれたので、リオが戸惑いがちに顔を引きつらせる。

「ええと……、何かな？」

「僕達、初めましてだよね？」

そう尋ねて、子供はじっとリオの顔を覗き込む。

「そのはずだけど……？」

「ふーん、そうか。いや、髪の色がお揃いだからかな？　なんだか妙に懐かしい感じがしてね。うん、そうかそうか。僕達は初対面か」

子供はくつくつと、口許に笑みを覗かせた。すると――、

「お前、リオ様から離れろですよ！　いきなり現れてお揃いを強調してくるとか、ナンパ

のつもりですか⁉　ガキが盛りやがって！」

ソラがフシューッと、鼻息を荒くして子供に凄んだ。

「あはは。君とは完全に初対面だね、うん」

子供は大人しく一歩下がって、リオから距離を取る。

「お前みたいに失礼な奴がいたら絶対忘れないです」

「僕も君達のことは忘れなさそうだ。そうそう。自己紹介が遅れたね。僕はエル。よろしくね」

子供はエルと名乗り、リオに手を差し出した。リオはその手を握り返す。

「初めまして。俺はリオ。この子はソラっていうんだ」

「ふん」

ソラは不服そうにエルからそっぽを向く。

「リオにソラか。奇遇にも名前が二文字の三人が揃ったね。これも何かの縁だ。この土地のことを知りたいなら、僕が教えてあげようか」

と、エルは自ら情報提供を買って出る。

「それは……」

相手はまだ出会ったばかりの、しかも子供だ。気軽にお願いするのはどうなんだろうかと、リオは逡巡したようだ。

「僕はこう見えて神殿に勤める学者の端くれでね。聖都の歴史には詳しいんだ。それこそこの地に今の聖都が出来る前、神魔戦争の時代についてもね」

「だとしたら、とてもありがたいけど……」

神殿の書庫で情報収集することができないか悩んでいたら、神殿の学者が現れた。渡りに船といっていい状況だ。というより、都合が良すぎるのではないか？　それでリオは戸惑っているのかもしれない。ただ――、

「なら、決まりだね。若く見られるけど、思っているよりは歳を重ねているんだ。安心してくれ」

エルがさっさと話をまとめる。そして実年齢こそ明らかにしなかったが、見た目通りの年齢ではないことをほのめかした。それで――、

「……でしたら、教えを請う代わりに、何かお礼をさせてください」

リオはエルのことを小さな子供ではなく、一人の学者として接することにした。胸元に手を添えて、会釈をするように恭しくこうべを垂れる。

「へえ、柔軟だね。気に入った。なかなかできることじゃないよ。そうだな。お礼は何か美味しい物でも食べさせてくれればいいよ。それと、君のことについても知りたいな。見

たところ旅人なんだろ？　僕は外の世界のことはよく知らないからね。興味がある」

そう語って、エルは上機嫌に相好を崩す。そして――、

「行こうか。この辺りに来たのはだいぶ前のことなんだけど、近くにまあまあの食事を出す店があったはずなんだ」

リオとソラを背にして、エルはすたすたと歩きだした。

「ちょ、勝手に行き先を決めやがって……」

すっかりエルのペースになっているのが気にくわないのだろう。ソラが不服そうにぼやく。ともあれ――、

「美味しい店に案内してくれるならありがたいよ。行こうか」

そうして、リオ達はエルと名乗る人物から、聖都にまつわる話を聞くことになった。

◇◇◇

「そうそう、ここだ」

エルがリオとソラを連れて訪れたのは、聖都にある創業数百年の歴史あるレストランだった。高級感溢れる建物の前で立ち止まると――、

「懐かしいな。いつ振りだろうか」

エルはちょっとした感傷に浸るような目になる。

「ふん、大人ぶっているのがまるわかりですよ」

ソラがぼそりと呟く。

（……確かに、この見た目だと子供にしか見えない。でも、本当に見た目通りの年齢をしていないように思えるんだよな）

子供にしてはずいぶんと理知的な喋り方をしているし、雰囲気も実に落ち着いているからだ。セリアのようにいつまでも少女のように見える例もあるし、エルもそういう星の下に生まれた可能性は大いにある。流石に二十歳を超えているとは思わないが、十代前半程度でも驚きはしない。

それに、セリアも十歳の頃には王立学院を飛び級で卒業して学者になっていたから、同じくらいの年齢で学者になる人物がいても不思議ではないだろう。

（むしろ大人ぶっていても見た目通り子供にしか見えないのは、ソラちゃんの方……）

見た目だけでなく、日頃の言動も、ソラのそれは無垢な幼女のものだ。リオは隣を歩くソラを横目でちらりと見下ろす。

「ん？　どうかなさいましたか、竜……リオ様？」

「いや、なんでもないよ」

あははと、リオはぎこちなく笑みを取り繕った。

「さ、入ろうか」

エルが先頭を歩き、店の玄関に入ると――、

「ようこそ、いらっしゃいました」

案内係と思しき老年の紳士が、恭しく頭を下げてきた。

「三人だ。案内を頼めるかな？」

エルが一行を代表して尋ねる。

「はい。ご予約の有無を伺ってもよろしいでしょうか？」

と、案内係の老年紳士は受付の台帳を確認しながら訊いた。

「予約はしていないよ。飛び込みだ」

「承知しました。ちょうど個室が一つ空いておりますので、そちらにご案内します」

老年の紳士はすぐに台帳を閉じて、奥の通路へとリオ達を誘った。この聖都トネリコでは神殿が大きな影響力を持つ。予約なしですんなり個室に案内してくれたのは、もしかしたらエルが明らかに神殿の関係者であるとわかる服装をしているからかもしれない。

ともあれ、そうして個室に案内され、着席すると――、

「この店の法王風パエージャだったかな。それがなかなかいけるんだ。君、まずはそれを三人分、頼むよ」

エルが案内係の老紳士に注文を告げた。

「……………………」

老紳士が瞠目して息を呑む。

「ん？　どうかしたのかい？」

「……失礼いたしました。随分と懐かしいメニュー名を聞いて驚き、嬉しくなりまして」

「懐かしい？　ということは、そのメニューはもう……」

「いえ、今は別の名称が付けられております。問題なくお出しできます。法王風パエージャを三人分ですね。調理に少々お時間を頂きますので、ご容赦ください」

と、老紳士はあえて当時の名称で注文を復唱した。

「ああ、構わないよ。ちなみに、どうして名称を変えたんだい？」

「十数年も昔のことです。メニューに法王様の称号を付けてしまうのは不敬なのではないかと、当時、ご来店くださった神官様方の間で問題視されてしまいまして……」

エルが神殿の関係者に見えるからだろうか？　老紳士は少しバツが悪そうに、メニューの名称が変わった事情を説明した。

「なんだ、そんなことか。まったく、くだらないな。兄さんはそんなこと気にしないだろうに。むしろ一介の神官達風情が、法王の称号が付いた品にケチをつけることの方がおこがましいとは思わなかったのかね？」

　と、エルは嘆かわしそうに肩をすくめてみせる。

「…………え？」

　リオが思わずといった感じで疑問符を浮かべた。老紳士も意表を衝かれたように目を見開いている。

「ん、なんだい？」

　エルはすかさずリオに語りかけた。

「……いえ、少し気になったもので。兄さんというのは、その……？」

　リオが遠慮がちに尋ねる。

「ん？　ああ、ここ聖都トネリコにいる法王のことさ。法王フェンリス＝トネリコ。旅人の君でも名前くらいは知っているだろう？」

「え、ええ……」

　衝撃の事実を打ち明けられて、リオは顔を引きつらせながら相槌を打った。

「ほ、法王様の血縁者様であらせられたのですか？　た、大変失礼いたしました！」

案内係の老紳士はサッと青ざめ、慌ててその場で平伏する。

無理もない。アルマダ聖王国では国王と法王と、王の称号を持つ存在が二人いる。政治的な統治者として国家全体に君臨するのが国王であるのなら、宗教的な統治者として君臨しているのが法王だ。ここ聖都トネリコにおいては法王が自治権を持っているから、聖都の住民である老紳士が、法王の血縁者に畏怖を抱くのは当然だった。

（ただ者じゃない気はしていたけど……）

まさか法王の血縁者だったとは斜め上を行きすぎていた。すると——、

「顔を上げてくれたまえよ。僕は表向きには法王の妹としては扱われない存在だ。いや、正確には扱うことができない存在だ、といったところかな」

と、エルが実に堂々とした態度で老紳士に言う。

（妹。やっぱり女の子だったんだ）

まだ子供で中性的な顔立ちをしていたから性別不詳だったが、明らかになる。ただ、今はそんなことよりも「妹としては扱うことができない存在だ」というエルの言葉の方が気になる。いったい、どういう意味なのか？

「え、ええと……」

もしかしたらかなりまずいことを聞いてしまったのではないかと、老紳士の表情が恐れ

で強張った。

「勘違いしないでくれよ？　聖都では神殿がいくつも孤児院を運営していてね。僕はその内の一つの出身なんだ。つまり、ね。どういうことかわかるだろ？」

　意図的なのか、エルは言葉を濁して問いかける。

「あ、いえ……」

　老紳士はなんと返答すればいいのかわからず、すっかり狼狽していた。それで――、

「……貴方と法王猊下との間に血の繋がりはない、と」

　リオが老紳士の代わりに、助け船を出して推察した。

「そう、そういうことだ」

　エルは実に満足そうに頷く。そして「血の繋がりはないんだから、そんなに仰々しく接する必要はないよ」とでも言うのかとも思ったが――、

「そういうことになっている。表向きはね」

　と、エルはなんとも意味深長なことを付け加えた。

「…………」

　余計、耳にしてはまずい話になっているのではないかと、微妙な緊張が走る。

「くっ、あははは、すまない、すまない。冗談だよ。普段は引きこもって暮らしているか

らね。久々に人と話すのが楽しくて仕方ないんだ。つい、からかってしまった」

「……どこまで冗談だったのかは伺わないことにしておきます」

リオは軽く嘆息してエルのおふざけに応じる。

「ああ、そうしてくれ。いずれにせよ、僕が本来なら表に出ない存在であることは確かだからね。法王フェンリス＝トネリコに妹はいない。だから君もこの場で聞いたことは黙っていてくれたまえよ？　命が惜しかったら、ね」

「は、はい！　無論です！　私はこの場でご注文のこと以外は何も伺いませんでした！」

老紳士は高級店の店員らしからぬ取り乱し方をして、何度も首を縦に動かして頷く。この状況では無理もないだろう。

「そうそう、注文の途中だったね。君達は何か食べたい物はあるかい？　パエージャは脱穀した稲の籾を使った料理だ。具材もたっぷり入っているし、そこそこボリュームはあると思うから、それを踏まえて注文をするといいよ」

ソラは話の舵を取り直して、リオ達に水を向ける。

「脱穀した稲、ですか……。なるほど」

つまりは、米料理だ。リオはそれでなんとなく出てくる料理を想像したようだ。

「リオ様、ソラはお肉を頼んでもいいですか⁉」

食い入るようにメニューを眺めていたソラが、そわそわとリオに尋ねる。

「もちろん、好きなだけ食べていいからね」

「ありがとうございます！　お肉、お肉！　ソラはサーロインのステーキがいいです。五百グラム、ミディアムで焼いて持ってくるですよ」

と、ソラは案内係の老紳士に対して上機嫌に注文する。つい先ほどまでかなり身の危険を感じる話をしていたというのに、そんなことは気にせずなんともマイペースだった。そんなソラを見て――、

「……は、はい。承知しました」

老紳士は呆気にとられているのか、ぎこちなく頷いた。

「あはは。君はお肉に夢中だね、ソラ」

「当たり前です。食事をしに来て他に何に夢中になるです？」

「ソラは僕が何者か、知りたくないのかい？」

「あん？　お前が何者かなんて、千年前の今日の天気が何だったかくらいソラにはどうでもいいことです。というか、お前にソラの名を呼ぶことを許した覚えはないのですよ」

などと、ソラはつんとした口調でエルを突き放す。法王の関係者を刺激してはいけないと思っているのか、老紳士ははらはらと顔を引きつらせていた。とはいえ――、

「あははは。千年前の今日の天気が何だったか、か。まるで千年前を生きていたみたいな言い方じゃないか。やっぱり面白(おもしろ)いね、ソラは」

エルは不快に思っている様子はなく、むしろ上機嫌に笑い声を上げてソラを見つめた。

「だから、お前にソラの名を口にすることを許した覚えはないのですよ。馴(な)れ馴れしい奴ですね」

「そう言わず、僕と友人になってくれよ」

「ん？　お前、ソラと友達になりたいんです？」

エルから友人になりたいと言われ、ソラはきょとんと首を傾(かし)げる。

「ああ。久々に友人ができそうで嬉(うれ)しくてね。大人のレディ同士、どうだろう？　友達にならないか？」

と、エルは少しも気恥(きは)ずかしさなど見せず、ソラと友誼(ゆうぎ)を結ぼうとした。

「…………………」

どうせ誰(だれ)かと関係を深めても存在を忘れられる。だから、人と距離を置く。ソラは竜王(りゅうおう)を失って千年間、そうやって生きてきた。不器用な子だ。だから、どうやらソラは戸惑っているらしい。なんと答えればいいのかわからず、口を噤(つぐ)んでしまう。そこで――、

「……どうかな、ソラちゃん？　俺(おれ)はソラちゃんに友達が増えると嬉しいんだけど」

　リオが横顔を覗き込みながら、ソラの背中を押した。

　本当に嫌そうなそぶりを見せるのならばともかく、もしソラが本当は友達を作りたいと思っているのなら……。リオはその後押しをしてやりたかった。たとえ相手から存在を忘れられるとしても、それがリオの嘘偽りのない本心だった。

「わ、わかりました。りゅ……リオ様がそう仰るのなら。今回に限り、特別にソラのことを名前で呼ぶことを許してやりましょう。こほん。大人のレディ同士という響きも、まあ悪くないです」

　わざとらしく咳払いをするソラ。そう語る彼女の頬がちょっぴり赤くなっているのは、気のせいではないのだろう。

「そうか、嬉しいよ。よろしくね、ソラ」

「よろしく、です」

　ソラは気恥ずかしそうに視線を逸らして、エルに応じる。

「リオだけじゃない。ソラとも、もっと早く出会っていたかったな……。けど、だとしたら今こうして友達になることはできなかったか。ままならないな」

　エルは遠い目になり、フッと哀愁を覗かせるように微笑む。

「あん？　どういう意味です？」

「深い意味はないよ。それより、注文を済ませるとしようか」

ソラがきょとんと首を傾げるが、エルは軽く流してしまう。それから、他にも食べ物や飲み物など、一通り注文を終える。

案内役の老紳士がそそくさと退室し、室内は三人だけになる。

「さて、この地に関する歴史に興味があるんだっけ。具体的には、どういうことが知りたいのかな？」

「そう、ですね……」

どういう風に質問しようかと、リオが思案するそぶりを見せる。

「ああ、その前に、リオ。君も口調は最初に会った時のままで大丈夫だよ」

「……いえ、そういうわけには……」

「僕と君の仲だろう？」

エルは心の奥まで覗き込まんばかりに、まっすぐリオを見据えて微笑みかける。

「と、言われましても……」

まだ出会ったばかりですが——という言葉を呑み込み、リオが困って笑みを取り繕う。

「……なるほど。確かに僕らはまだ会ったばかりだったか。やっぱり、どうにも君とは初対面の気がしなくてね。失礼……。ただ、僕は堅苦しいのはあまり好きじゃないんだ。ソラとも友達になったわけだし、君も気安く話してくれると嬉しいな。君から見たら僕は子供に見えるだろうしね」

「わかり……。いや、わかった、よ。これでいいかな？」

リオは観念して軽く嘆息すると、言葉遣いをフランクなものに改めた。

「いいね。なら、君が気になっていることを何でも聞くといい。君は何を知りたい？」

「じゃあ、現在から過去千年ほどの間に、この地で何か異常や問題が発生した記録は残っていないかな？」

「何か異常や問題、か。また随分とざっくりとした問いかけだね。話をする前に、そもそも君はこの国やこの土地のことに関してどれくらいの予備知識があるんだい？」

エルは顎に手を添え、ふむと唸りリオに問いかける。

「この国にはまだ来たばかりで、表層的なことだけかな。例えば、国王とは別に法王と呼ばれる方がいてこの聖都を治めていること。この聖都と迷宮が神魔戦争始まりの土地であること。この聖都にある冒険者ギルドがシュトラール地方の総本部であること」

「なるほど。では、この土地の歴史を語るにあたって欠かせない要素が一つある。それが何かはわかるかい？」

「迷宮、かな」

聖都と迷宮は切っても切り離せない関係だ。リオは迷わずに回答した。

「正解。優秀だね。じゃあ、迷宮がこの土地の歴史とどのように絡んでいるのか、歴史をザッと振り返ってみようか。まず、聖王国の起源は現在から九百五十年以上遡る」

建国当初、トネリコはまだ聖都になっていなかったし、法王も存在しなかった。では、いったい誰がこの地を管理していたのかといえば、この国の王家だという。

「迷宮の魔物を倒すことで得られる魔石は魅力的な資源だからね。国王としてはぜひ懐に収めておきたい品だ。だから、建国からしばらくの間は王家が迷宮を管理してきた。けどその迷宮が知っての通りくせ者でね。聞いたことがあるかもしれないが、迷宮からは大量の魔物が溢れ出てくることがある」

と、エルは早速、迷宮について語り始めた。

「迷宮厄災。中でも神魔戦争が終結してから初めて発生したそれは特に規模がでかくてね。一説によれば、少なくとも数十万の魔物が迷宮の外に解き放たれたという。結果、今の聖都が完成する前にこの地で発展していた都市は壊滅。被害はこの地だけでなくアルマダ聖王国全体に、やがては国の外にも広がっていき、シュトラール地方に大きな混乱を招いた」

最初に迷宮厄災が起きたのは神魔戦争が終結してからおよそ百年が経ち、アルマダ聖王国が建国されてまだ半世紀ほどしか経っていない頃のことだったという。

「神魔戦争はまだ終わっていなかったのかと、各国で大騒ぎになったそうだよ。まあ、最終的には『魔物達が統率を失って、一種の突発的な集団パニックを引き起こしたんじゃないか』という結論が導かれたわけだけど」

というのも、魔物達には特定の侵略目標があったわけではなく、特定の場所を占領して大規模な拠点を作ることもなかったそうだ。シュトラール地方中へ散らばり、最終的には各地でばらばらに群れを作って、いたる場所に住み始めたという。

「それで、迷宮を管理していた当時のアルマダ国王に、国内外から非難や不満の声が向けられることになった」

もちろん、魔物の行動など人類に予想できるはずがない。魔物達が勝手に暴走して迷宮から飛び出してきて、勝手に各地へ移動して住み着いただけだ。

アルマダ聖王国が意図して引き起こした事象ではない以上、最終的にはアルマダ聖王国が悪いわけではなかったという理屈の上での判断が各国で下された。

ただ、それでも予兆があったのではないか、予期することはできたのではないかと、アルマダ聖王国の過失を非難する声は少なからず出続けたという。

「まあ、それほどに被害の規模が拡散したからね。現代でも魔物が大量に蔓延っているのは、この時の迷宮厄災が原因だったとも言われているくらいだ」

迷宮厄災の被害を受けた各国のやり場のない不満が、迷宮を国土に含むアルマダ聖王国に向けられたのは自然な感情の流れといえよう。

「当時の国王はさぞ頭を抱えたことだろうね。次にまた迷宮厄災が起きてシュトラール地方中に被害が出れば、今度こそ王家が責任を取らされかねない。迷宮の管理責任から逃れたくて仕方がなかったはずだよ」

と、エルはなんとも面白おかしそうに語る。

「けど、迷宮の管理を放棄することはできない。迷宮厄災が起きて真っ先に被害を受けるのは、国土に迷宮を含むアルマダ聖王国だからね。それに、迷宮の魔物から手に入る魔石は依然として魅力的な資源だ」

だから、アルマダ聖王国としては迷宮の管理は必須だった。

「そこで、王家は考えた。迷宮の管理責任は直接負いたくない。けど、迷宮から得られる魔石は上手く懐に収めたい」

実に自己中心的というか、都合が良い考えではあるが……。

「そのために生まれた存在が法王と冒険者ギルドだ。聖都を自治区として国から切り離して、迷宮の管理責任ごと法王に押しつける。冒険者ギルドには冒険者を通じて迷宮の探索をさせて、倒した魔物達の魔石を回収させる」

冒険者ギルドは国からの監査が入るが、国からは独立して運営される機関だ。設立にあたって投資は行ったが、以降は国が運営のための財源を確保する必要はない。国が正規軍を編制して迷宮を攻略させるよりも遥かにコストを削減できる。

問題はどうやって冒険者ギルドが手に入れた魔石を国家が回収するかだが、聖都の冒険者ギルドが王国内に存在している以上、やりようはいくらでもある。

ただでさえ聖都の周辺は酸性が強い土壌で農業に向いておらず、食料の入手はアルマダ聖王国に依存しているのだ。聖王国なくして聖都が存続できない以上、冒険者ギルドもまた聖王国なくして存続することはできない。

「いやはや、良く出来た仕組みだろう?」

エルはさも自分がその仕組みを考えたかのように胸を張り――、

「現在から過去千年ほどの間に、この地で何か異常や問題が発生した記録が残っていないか、という質問だったね。僕が真っ先に思い浮かんだのが、この地で最初に発生した迷宮厄災だった。答えにはなっていたかな?」

と、話をまとめた。

「うん、とても興味深い話だった。それだけに気になったことも色々とあったけど……」

「いいよ、何でも訊くといい」

「ありがとう。じゃあ最初に、迷宮から魔物が出てくるって話は聞いたことがあったんだけど、迷宮厄災はわりと頻繁に起きているの？」

「ふむ、迷宮から魔物達が溢れ出てくることはそう珍しいことでもないね。けど、迷宮厄災と呼ばれるほどの規模となると、百年に一度起こるかどうかだよ。直近だと三十八年と七十五日前、だったかな？」

「そんなに前、なんだ……。というか、細かい日数までよく覚えているね」

「これでも学者の端くれだ。記憶力には自信がある。かの賢神達には及ばずとも、ね」

エルはふふっと蠱惑的に微笑む。

「そう、だったね。流石だ。なら質問を変えて、どのくらいの規模のものから迷宮厄災と呼ばれるようになるのかな？」

「明確に定められているわけではないね。二千と数百で迷宮厄災と認定された例もある。というか、前回の迷宮厄災がまさしくその程度の規模だった」

「最初に起きたものと比べると、ずいぶんと規模が小さいね」

「というか、最初に起きた迷宮厄災の規模がイレギュラーすぎたんだ。次に大きかった迷宮厄災でも、せいぜい数万程度だよ。回数を経るごとに規模も小さくなっているし、ここ数百年で五千を超えた例は一度もない」

「なるほど。じゃあ、迷宮厄災以外で魔物達が迷宮の外に出てくることは日常的によくあること？」

「ああ。と言っても、日常的に出てくるのはせいぜい十程度の群れだろう。数十以上のまとまった群れとなると、数ヶ月に一度あれば多い方だよ」

「そっか……」

「何か気になることでもあるのかい？」

エルがリオの顔を見て尋ねた。

「魔物達の動きに計画性はあるのかなと思って。魔物達が迷宮厄災を起こす理由は一種の集団パニックだって分析されているみたいだけど、迷宮の奥に魔物達を指揮する存在が潜んでいる可能性もあるのかなと」

「ほう……。神魔戦争を引き起こした存在が、終結から千年以上経った今でも迷宮の奥にいる。そう思っているのかい？」

エルは口許を歪め、愉悦を滲ませて尋ねた。

「うん。神魔戦争が終わった後も大量の魔物達が迷宮に残っていたのなら、その魔物達を指揮する高位の存在も同じく迷宮に潜伏していても不思議ではないのかなって。魔物達の行動から計画性が窺えるのなら、裏付けになるんじゃないかと思った」

「面白い。魔物達の行動は実に原始的だからね。群れて戦うこともあるが、人を見かければ怒り狂ったように襲いかかるだけ。戦術どころか知性の欠片も窺えないお粗末振りだ。戦略的な意図や計画性が窺えるのなら、確かに君の疑問を裏付けるだけの有力な間接事実にはなりうるだろう」

「学者のエルから見て、どうかな？　過去千年間に起きた迷宮厄災を振り返ってみて、魔物達の行動に計画性はあったと思う？」

と、リオは核心を突く問いを、エルに投げかけた。

「といっても、考察対象になるケースが少なすぎるからね。計画性の有無を見極めたいのなら迷宮厄災が起きた後の動向も含めて観察する必要があるが、魔物達が勝利を収めたのは最初の一回だけだ。その後、魔物達がどう動いたかはさっきも教えただろう？」

「……この地にあった都市を滅ぼした後は、襲う対象をなくしてバラバラに散った」

「その通り。魔物達に地上へ侵出する意図があったのなら、まずは迷宮のすぐ傍に拠点を築いていたはずだ。けど、当時の魔物達はそれをしなかった。次に襲う対象を闇雲に求めて様々な方角に散っていったんだ。そこに統率などなかった。無秩序に、各々が進みたい方角に進んでいった。高度な計画があったように思えるかい？」

「……思えないね、到底」

まともな軍師がいたとは思えない愚行だと、リオが嘆息して即答する。

「各地に分散した魔物達の動きを見ても、各自が好き勝手に暴れ回っただけだ。何かしらの計画を裏付けるような被害が出たわけでもなかったし、次の迷宮厄災が起きるまでに一世紀は時間が空いた。だから、当時の為政者や後世の歴史家達も、迷宮厄災は魔物達による突発的な集団パニックだという結論しか導けないのさ」

「そっか……」

（やっぱり、リーナが予知したことと迷宮とは無関係なんだろうか？）

相槌を打ちながらもリオの頭を悩ますのは、やはり迷宮に関してだ。依然として怪しいというか、何かが引っかかる気がする。しかし――、

（迷宮は十一階層で行き止まりだった。十一階層にはザッと見渡しただけでも数千の魔物がいたけど、俺達が倒してしまった。だから、当面は次の迷宮厄災が起きる危険もなくなったんだろうか？）

考えれば考えるほど、迷宮は無関係なのではないかという結論に近づく。というより、次にまたリオが迷宮に潜るとしても、あまり多くの魔物を屠りすぎるのはよろしくないのかもしれない。迷宮厄災を遅らせることで、「特定の人類に肩入れしすぎてはいけない」

という神のルールに抵触していると判断される恐れがある。

「…………」

リオは何か奥歯に物が挟まっているような顔で押し黙った。

「納得しきれていない。そんな顔をしているよ」

エルはずばりリオの心境を言い当てる。

「いや、何もないならないに越したことはないんだ。ただ、何か見落としていないか気になってね。ただでさえ迷宮は謎が多いから……」

「この際だ。僕でわかる迷宮の謎についてはなんでも回答してあげよう。こんなチャンスはもう二度とないかもしれないよ？」

と、エルは艶やかに、そして怪しく微笑んだ。

「ありがとう。じゃあ、まずは迷宮内部の生態系について。あれだけの魔物が集まっているのに、迷宮の中で文明が築かれている痕跡は皆無だ。魔物達が何を食べるのかはわからないけど、田畑を耕しているわけでも、牧畜をしているわけでもない。だから、どこか人間が知らない場所に居住空間や拠点を設けているのか気になったんだけど……」

そこから、話はしばし魔物達の生態に移っていく。

魔物達は雑食で、草木でも、腐った死骸の肉でも、何でも食べてしまうこと。迷宮の中では土や石を食べている姿が幾度となく目撃されていること。魔物達は排泄を行わず、おそらくは摂取した物質のすべてを余すことなくエネルギーに変えているのであろうこと。

「…………」

リオは魔物達の生き方を聞き、顔を引きつらせた。ソラも「うげ」と不快そうに顔をしかめている。

「あと、魔物達の繁殖力は高いが、雌に乳房の膨らみがないせいで雄との区別がぱっと見ではつかない。雌の乳房が発達していないのは、子に授乳による栄養補給を行う必要がないからだとされている。魔物は生まれたての時点で成体と同じように食事を摂ることも確認されているからね」

「……なるほど。なんというか……」

「なんだい？」

「同じ二足歩行の生命体なのに、人間族とは根本的に異なる進化の仕方をしているなと思って。どんな過酷な環境に身を置いたら、そのように進化するんだろう？」

リオはぽつりと疑問を漏らす。

「ほう……。どんな過酷な環境に身を置いたら、か。実に興味深い。いや、鋭い着眼点だね。流石は君だ、リオ」

「そうです。リオ様はこの世の誰よりも聡明な御方です。お前、なかなか見どころがあるですよ、エル」

ソラが鼻高々になって、力強くエルに同意した。

「あはは……、ありがとう」

リオがはにかんで礼を言う。室内に三人以外の姿はないが、傍目から見れば自分よりも一回り近い子供二人に褒められる男の構図である。

「連中の生物的特徴を見るに、君の考察はなかなか的を射ていると思うよ。そもそも、魔物達は異界より攻め入ってきた存在だという。彼らにとっては、その異界が過酷な環境だったのかもしれないね」

エルはフッと微笑みながら、コメントを付け加えた。

「そうだね……」

そもそも、魔物達は死ねば魔石を残して塵になって消滅してしまうような存在だ。この世界で進化を遂げてきた生命体とは、まったく異なる環境で進化を遂げてきたのは当然と言えば当然だろう。むしろ、地球とこの世界とで人間を始めとする生態系が大きく似通っていることが奇跡なのかもしれない。すると――、

「お待たせいたしました」

　このタイミングで、注文された料理が運ばれてくる。

「うひょおお、来た！　来たですよ！」

　肉のかぐわしい香りに、ソラが色めき立つ。

「続きは食事の後にでもするとしようか。とりあえずは料理を堪能しつつ、今度は君達の話も聞かせてくれよ」

　そうして、リオ達はとりあえず食事を楽しむことにしたのだった。

　それから、運ばれてきた料理がテーブルに並ぶと――、

「さあ、これが法王風のパエージャだ。美味しそうだろ？」

　エルが得意げに法王風のパエージャを紹介する。それは浅底の丸いフライパンに米と肉と魚と野菜がたっぷりと入った料理だった。

（やっぱり、間違いない、これはパエリアだ）

　リオは法王風パエージャを見て嬉しそうに口許をほころばせる。そう、法王風パエージャは地球のスペイン料理と極めて酷似しているのだ。エルからどんな料理なのか聞いた時

にも予想していたが、まさに予想した通りだった。だから――、

「……うん。これは絶対に美味しいね。間違いない」

　と、リオは強い確信を込めて頷いた。

「おや、その反応からすると、もしかしてリオは前にもパエージャを食べたことがあるのかい？」

　エルがリオの反応を見て指摘する。

「うん。食べてみなければそうとは断言できないけど、似た料理を食べたことがあるよ。お焦げが美味しいんだよね」

「お、わかっているね。じゃあ、早速食べようじゃないか」

「うん。ソラちゃんも好きだと思うよ」

「はい、楽しみです！」

　ソラもパエージャを見てきらきらと目を輝かせている。

「では、取り分けさせていただきます」

　給仕係の男性が大きなスプーンを使ってパエージャを取り分けようとすると――、

「ソラの分は野菜を避けて入れるですよ」

　と、ソラがすかさず指示する。

「承知しました」

給仕係の男性は微笑ましそうに首を縦に振った。

「おや、大人のレディが好き嫌いとは感心しないな。料理は人生と一緒だ。酸いも甘いも噛み分けてこその大人のレディだよ、ソラ」

「う、うるさいです。美味しいところをもっていくのが大人のレディですよ」

「なるほど。言い得て妙だね」

大人のレディの何たるかについて討論を繰り広げ、エルがくすっとおかしそうに笑いを零す。ともあれ――、

「どうぞ」

全員の前に、パエージャを始め他にも注文した料理が行き渡る。

「ご苦労。後の取り分けは自分達でするから、君はもう下がっていいよ」

「承知しました」

エルに指示され、給仕係の男性が退室していく。

「では、温かい内に頂くとしようか」

「うん」

「頂きますですよ！」

いざ実食。最初は皆、自然と法王風のパエージャに手が伸びた。まずはダシがたっぷりと染みこんだお米をスプーンですくい、口に運ぶと――、

「ん～」「うん……」「くぅ～！」

エル、リオ、ソラがそれぞれ表情筋を緩めた。

「そう、これだよ、これ。この味を君達に食べさせたかったんだ。どうだい、リオ？　君の知っているパエージャと比べて」

「うん、すごく美味しいよ。肉も魚介も野菜も全部入っているから、味をまとめるのが難しそうだなと思ったんだけど。これは見事にまとまっているね。臭みもなくてすごく食べやすい」

「わかっているじゃないか。肉のパエージャ、魚介のパエージャ、野菜のパエージャ。パエージャにも色々と種類があるんだけど、全ての具材が入っているのがこの法王風でね」

などと、エルとリオがパエージャについて語り合う横では――、

「お、美味しい！　美味しいですよ！　米と肉と魚で無限に食べられるですよ！」

ソラがぱくぱくとパエージャを頬張っていた。

「ふふ、ソラも喜んでくれているようで何よりだ」

エルは満足そうに微笑む。

「この味を再現できるかはわからないけど、今度パエージャを作ってあげるよ、ソラちゃん。お肉だけのパエージャとかも良いかもね」

「ほ、本当ですか⁉ ありがとうございます！」

お肉だけのパエージャと聞き、ソラはとても嬉しそうに破顔した。

「おや、リオは料理もできるのかい？」

エルが興味深そうに目をみはる。

「うん。嗜む程度だけどね」

「ならぜひ君が作ったパエージャも食べてみたいね」

「……うん、そうだね。機会があれば」

自分が超越者である以上、その願いは叶わないだろうが――と思っているのか、リオの瞳が少しきまりが悪そうに揺らぐ。すると――、

「じゃあ、約束だ。いずれ、君が作ったパエージャをご馳走してくれたまえよ。その時はまたこうして楽しくお話でもしながら、ね。無論、ちゃんとお礼もするとしよう」

エルはもう一歩、ぐいっとリオに踏み込み、約束を持ちかけた。

「うん、わかった。約束だ」

叶わぬ約束だとわかっていても、リオは首を縦に振る。

「言ったな？　先刻伝えたとおり、僕は記憶力に自信があるからね。後になって『覚えていない』とは言わせないよ」

「もちろん」

リオはどこか寂しそうに微笑んだ。すると――、

「そうだ。わざわざそんな約束をしなくとも、君の妻になれば君の手料理を毎日食べられるのかな？　いや、君が作ったパエージャのお礼が僕、というのはどうだろう？」

突然、エルはそんな突拍子もないことを言いだす。

「んっ⁉」

リオが驚いてむせかける。ソラも度肝を抜かれたのか、スプーンを口に入れたまま雷にでも打たれたみたいに硬直してしまった。

「無論、退屈はさせないよ？　それに、僕はこう見えて人よりも顔が整っているらしい」

エルはそう言うと、目許を覆う前髪を自分で掻き上げた。そして露わになった顔で、幼い見た目の年齢とは裏腹に蠱惑的に微笑みかける。露わになったエルの容貌は確かにとても整っていた。幼い顔つきだが、街中ですれ違えば成人した男でも思わず立ち止まって何度も見てしまいそうな大人っぽさも同居している。

「え、ええと……」

リオがどう言葉を選んで断ろうかと、逡巡していると――、

「りゅ、リ、リオ様の妻⁉　お前、何をほざいているですか、エル⁉　どういうつもりです⁉」

ソラが我に返り、泡を食って叫ぶ。

「いやあ、だってリオって格好良いだろ？」

エルはあっけらかんと語る。

「そ、それは……！　そうですよ、その通りです。よくわかっているじゃないですか」

完全にエルを糾弾する流れだったが、否定しようがない事実を突きつけられて、ソラは力強く頷いてしまう。

「こんな男前を捕まえて愛の言葉の一つも贈らないなんて、それはリオに失礼ってもんじゃないかい？」

「そ、それはそう……です？　確かに……？」

ソラにとって、リオは敬われて当然の存在だ。それを否定するような発言などできるはずがない。それを見透かしたようなエルの口車に上手く乗せられて、ソラの気勢は綺麗に殺がれてしまった。

「ほらほら、まだステーキに手を付けてないじゃないか。熱いうちに食べた方が美味しい

よ？」

「わ、わかっているです！　お前が変なことを言うからですよ！　まったく……」

ソラはナイフとフォークでステーキを切り分け、小さなお口ではむっと肉を頬張る。そして――、

「はああ、幸せ。幸せです……」

だらしなく頬を弛緩させた。

「いや、本当に美味しそうに食べるね、ソラは」

エルは掻き上げていた前髪を下ろし、にこにことソラを眺める。

「…………」

リオが心労を吐き出すように、小さく溜息をつく。すると――、

「妻の件は次にパエージャをご馳走してくれる時にでも聞かせてくれたまえよ、リオ」

どこまで冗談なのか、エルがふふっと悪戯っぽくリオに語りかける。

「あはは……」

リオは引きつった笑いを取り繕う。冷や汗をかいたせいか、気まずさを誤魔化そうと口に含んだパエージャの味が、少しだけ薄くなった気がした。

◇　◇　◇

小一時間が経過する。

食事中、戸惑うこともあったが、リオは食事後も、迷宮に関して感じていた様々な疑問をエルに投げかけた。そして迷宮に関して一通り気になっていた話を聞き終え、会計を終えて店を出ると――、

「今日は本当にありがとう。色んな事を知れて、すごく助かったよ」

リオはエルに深々と頭を下げて、礼を言った。

「いや、僕の方こそ久々に楽しい一時を過ごせたよ。今日、君達と出逢うことができて本当に良かった。次に会う時も、またこうしてゆっくりと話をできると嬉しいな」

エルはふふっと微笑んでかぶりを振る。

「そう、だね。次もまた……」

リオとソラが超越者とその眷属である以上、相手の記憶には残らない。そのことを誰よりも理解しているからだろう。リオは寂しそうに口許をほころばせて同意した。ソラも同じく寂しげにリオの横顔を窺っている。と――、

「大丈夫さ」

と、エルが不意に言った。

「え？」

「心配せずとも、次もまた会える。君と僕の仲じゃないか。いや、君と僕達だね。ソラもいる」

エルはそう言って、リオとソラをじっと見る。

「そう、だね。うん」

リオが今度は前向きに笑って頷く。

「街中で君達を見かけたら、また僕の方から声をかけるよ。さっきも言ったが、記憶力には自信があってね。君達の顔はもう忘れないよ」

「そっか。その時を楽しみにしているよ」

「僕もだ。というわけで、また会おう。ソラもね」

「……ま、考えておいてやるですよ」

ソラがちょっと照れ臭そうに、ひょいと肩をすくめる。そして――、

「しんみりするのは苦手でね。普通にお別れするとしよう」

「うん。それじゃあ……」

そうして、リオとソラはエルの前を立ち去る。

「ねえ、リオ」

互いに数メートルほど歩いたところで、エルが立ち去るリオの背中に声をかけて呼び止めた。リオが振り返ると、エルは次のような言葉を投げかける。

「今日、僕が君にしてあげた迷宮の話は過去に人類が到達した層の話に限られる。深部がどうなっているのかはわからない」

「…………うん」

「君が迷宮に対して抱いていた様々な謎。それらを解き明かすために、聖都に集まる冒険者達も日夜迷宮の攻略に挑んでいる。興味があるのなら君も迷宮に潜ってよく調べてみるといいよ」

気が済むまで、ね——と、エルは何か含みのある眼差しでリオに言った。

「……そうだね。潜ってみるよ」

「呼び止めて悪かったね。今度こそお別れだ。また会おう」

「うん」

そうして、今度こそリオとソラは立ち去っていく。

「…………」

リオが最後にふと振り返ると、そこにはもうエルの姿はなかった。どうやら街中の人通

りに埋もれてしまったらしい。ただ――、

「確定だね、完全に……」

エルはリオとソラのことを一方的に認識していた。袋小路の入り口に潜んで、そっと二人を眺めていて――、

「彼は竜王の権能を持つだけの、別人だ」

と、エルは確信を込めて呟く。

「ただ……」

いったい何を思っているのか、エルはどこか遠い目になり、無言のままリオのことを見つめ続けた。すると、やがてリオ達は移動を再開し、人混みに消えていく。

「さて……。せっかく地上に出てきたんだ。兄さんに報告しに行く前に、少し散歩でもしていくとしようか」

エルはふふっと微笑み、リオ達とは反対方向の街中へと消えていった。

【第二章】 帰還

リオとソラが聖都トネリコでエルと出会っていた頃。セリアは母モニカと親友のアリアを連れ、ガルアーク王国城に帰還していた。三人を乗せた魔道船が王城の港に到着し、クリスティーナとの面談が緊急で決まる。

今回、セリアはアルボー公爵にクリスティーナの書簡を届けた後、母モニカを救うために独断でクレール伯爵領の実家へ向かった。前半の行動についてはクリスティーナの指示を受けた行いだったが、後半に関しては完全に私的な行いである。

国王フランソワの執務室で、セリアとクリスティーナが顔を突き合わせる。フランソワ、フローラ、リーゼロッテも同席する場で――、

「この度は私の勝手な判断で行動し、誠に申し訳ございませんでした」

セリアは深くこうべを垂れて、真っ先に謝罪の言葉を紡いだ。

「……謝罪の言葉は不要です。事情はレディ・リーゼロッテから聞きました。先生が無事に帰還してくれて、本当に良かったです。モニカ様も。お会いすることができ嬉しく思い

ます。初めまして」

クリスティーナは安堵の息を漏らして、セリアと母のモニカに語りかけた。

「お初にお目にかかります。娘に、そして当家に、日頃から格別のご高配を賜り、感謝の言葉もございません」

モニカは恭しくクリスティーナに応じる。

「生まれつきお身体が弱いと耳にしたことがありますが、お加減はいかがですか？」

「ご心配をおかけし恐れ入ります。娘とも久しぶりに顔を合わすこともでき、すこぶる快調です」

「なら、良かった……。道中で何が起きたのか、先生の口から改めて詳細にご報告いただけませんか？」

クリスティーナはセリアを見て水を向ける。

「無論です」

そうして、セリアはクリスティーナの使者としてガルアーク王国城を出発してから帰ってくるまでのことを正式に報告することになった。

案の定、アルボー公爵は計略を張り巡らせ、待ち合わせ場所の砦でセリアを捕縛しようとしてきたこと。しかし、セリアは実力行使で敵を撥ねのけたこと。

砦を脱出した後はアマンドへ向かい、リーゼロッテに事情を打ち明けて助力を求めたこと。説明後はアリアと共に、クレール伯爵領の領都クレイアへ向かったこと。ようやくたどり着いた実家では傭兵達に先回りをされて、襲撃を受けたこと。セリアとアリアは協力して戦い、傭兵達を退けたこと。など……。

「その後は父が領地に残り、母を託され魔道船でガルアークに帰還しました。実家での襲撃を退けられたのはアリアがいてくれたおかげです。リーゼロッテさん、アリアを同行させてくれて本当にありがとうございました」

セリアは最後にリーゼロッテに感謝の言葉を告げて、報告を締めくくる。クリスティーナとモニカもすかさずお礼の言葉を口にした。フローラもぺこりと頭を下げる。

「いえ、無事に帰ってきてくださって、本当に良かったです。良くやったわ、アリア」

リーゼロッテはちょっとだけ照れ臭そうに笑って、主人としてアリアを労った。

「恐縮です」

アリアはぺこりと会釈する。

「……それにしても、先生はいったいどうやって砦から脱出を？」

クリスティーナがセリアの表情を窺い、控え目に疑問を口にした。決してセリアを信じていないわけではない。セリアの魔道士としての能力は、誰よりも高く評価しているつもりだ。ただ、いくらセリアが優れた魔道士であるとはいえ、その能力は魔道士としての役割に特化している。

ゆえに、砦という閉鎖的な空間で騎士達に囲まれながらも、セリアが捕縛されることなく実力行使で脱出してきたという話はにわかには信じがたかった。常識に反する出来事が起きたといってもいい。リーゼロッテからの報告ではセリアが魔法で空を飛んだとも聞いたが、その辺りについても詳細に聞いておきたいのだろう。果たして――、

「……実は、新しい魔法を習得しまして……」

セリアは開口し、事情を打ち明けることにしたのだった。

数十分後。セリアは美春達が暮らす屋敷へ帰還した。

「セリアさん！」「セリアお姉ちゃん！」

玄関の外では皆が顔を揃えて待ち構えていて、セリアの姿を見つけるなり一斉に駆け寄ってくる。

「みんな、ただいま」

セリアは少し面食らって帰還の挨拶を口にした。皆、何か言いたそうな顔でセリアを見つめていて――、

「ど、どうしたの？」

「お戻りになったと聞いたので、私から事情を打ち明けておきました」

シャルロットがにこやかに事情を打ち明けた。それで合点がいったのだろう。セリアはバツが悪そうに顔を引きつらせる。

というのも、セリアが罠を承知で、クリスティーナの書簡をアルボー公爵に届けに行くと決めた直後のことだ。屋敷に暮らす者達には何もかも黙っていてほしいと、セリアはシャルロットに口止めをお願いした。

「口止めの期限はセリア様が帰ってくるまで。そういう約束でしたから、皆様には包み隠さず説明しました」

みんなに黙って一人で危ない橋を渡ったんですから、しっかり怒られてくださいね？と、言わんばかりに、シャルロットはセリアに微笑みかける。

「あ、あはは……。ええと、その……」

「セリアお姉ちゃん！」

ラティーファが勢いよくセリアに抱きついた。

「スズネ……」

セリアはぎゅっとラティーファを抱きしめ返す。

「なんで私達に何も言ってくれなかったの？」

「その、みんなには心配をかけたくなかったからさ……。これは私の、ベルトラム王国の貴族としての責務だったから……」

レストラシオンとベルトラム王国本国との間における伝令役は、クレール伯爵家の者が務める。両者の協定によって正式に取り決めた事柄だ。辿にはセリアが一人で行くことも強いられていた。

にもかかわらず、辿まで誰かに同行してもらって手助けをしてもらっていたら、他ならぬセリアがその取り決めを破ることになっていた。そうなればレストラシオンに対する恰好の攻撃材料をアルボー公爵に与えるだけでは済まず、助けてくれた者達にまで責任追及の矛先が向けられかねない。

だから、みんなを巻き込むわけにはいかなかった。セリアが自分の力だけで、一人で乗り切る必要があったのだ。それに、何よりも――、

（いつまでもリオやアイシアに守られているだけの私ではいられないから……）

だから、後悔はしていない。もし時間を巻き戻せたとしても、自分は同じ決断をしただ

ろう。セリアはそう確信しているのか、悔いを感じさせない顔になる。

「その、結果的に心配をかけてしまったことはごめんなさい。でもね。国のゴタゴタだから、いつもみたいにみんなを頼るわけにはいかないと思ったの。大切なみんなだから、頼ってはいけないこともあるって……」

セリアは心配をかけたことを謝罪し、自分の考えを毅然と伝えた。それでセリアの強い意志を感じ取ったのか、一同は息を呑む。ただ、とはいっても心に折り合いを付けられるかどうかは別の話だ。

「だからって、水くさいですよ……」

「そうです。無事に帰ってこられたから良かったものの……」

自分達が一緒に付いていくことができていればと思っているのか、サラやアルマがとてももどかしそうに顔を曇らせる。

「大丈夫よ。これでも私、みんなが知らないうちにとっても強くなったんだから」

重くなった場の雰囲気を払拭しようと思ったのだろう。セリアは明るい声色で語りながら、右腕を掲げて力こぶを作るような仕草をした。

「…………」

皆、ジト目で各々の感情をセリアに向ける。

「あはは……」

セリアは気まずそうに笑みを取り繕う。すると――、

「皆さん、口止めをされて一人で黙っていた私の代わりに、もっとセリア様に言ってやってくださいな」

シャルロットがやれやれと嘆息して皆に言う。

「申し訳ございませんでした、シャルロット様」

「謝ることではありません。お客人もいらっしゃるようですし、今はこのくらいで。後であることないことを言って困らせて差しあげますから、覚悟してくださいな」

シャルロットはそう言って、ぷいっと顔を背けた。

「……はい」

セリアは口許をほころばせて頷く。すると――、

(お帰りなさい、セリア)

(アイシア……。うん、ただいま)

タイミングを見計らっていたのか、霊体化しているアイシアの声も聞こえた。

「それで、そちらにいらっしゃる素敵なご婦人は？　セリア様に大変似ていらっしゃるようにお見受けしますが」

シャルロットがセリアの背後に立つモニカに視線を向ける。ちなみに、モニカ以外にもリーゼロッテとアリアがフランソワの執務室から一緒にやってきた。

「お初にお目にかかります。セリアの母のモニカ＝クレールと申します」

モニカは一歩前に出ると、ドレスの裾を摘まんで可憐に挨拶をした。すると——、

「え⁉　お、お母さんなんですか⁉　セリアさんの⁉」

沙月がぎょっと声を上げる。

「はい、セリアの母です」

モニカはにこにこと笑って頷く。

「は、二十歳くらいにしか見えませんけど……」

沙月は十七歳だから、自分よりも少し年上の女性が来たなと思っていたのだろう。

「まあ、嬉しい。ですが、優にその倍以上は生きておりますから」

「えええ⁉」

（嘘！　ありえない！　若すぎ！　姉妹にしか見えないんですけど⁉）

沙月はあんぐりと口を開けて、モニカとセリアを見比べる。

「け、けど、セリアさんのお母さんなら確かに頷ける……。セリアさんが幼く見えるのはお母さん譲りだったのか」

沙月はぶつぶつと独り言ち始める。

「綺麗……」

ラティーファはセリアに抱きついたまま、呆け気味に呟いた。沙月やラティーファだけではない。他の者達もモニカの若さに面食らっているのか、瞠目し続けている。

「可憐だのう」

ゴウキがぽつりと本音を漏らすと――、

「……御前様？」

隣に立つ妻カヨコから冷ややかな視線を向けられた。それでゴウキは「ごほん」と気まずそうに咳払いをする。

「あはは……」

皆に母を紹介しているからか、セリアは気恥ずかしそうにはにかんでいた。

「まあまあ、セリア様のお母様でいらっしゃいましたか。ガルアーク王国第二王女のシャルロットです。どうぞよしなに」

いち早く硬直から解けたのはシャルロットだった。なんとも嬉しそうに、そして愉快そうに、モニカに挨拶する。

「これは、シャルロット殿下。娘が日頃から大変お世話になっているようで、誠にありが

とうございます」

「いいえ。私の方こそセリア様にはいつもとても良くしていただき、対等な友として親しくお付き合いさせていただいております」

「まあまあ、殿下に対等な友だと仰っていただけるとは……」

身分社会である以上、高位の王族と伯爵家の令嬢とでは身分の差がある。身分差がある者同士の間柄で、あえて「対等な」という言葉を用いて自分達が友であると口にするのは決して軽いことではない。

「私だけではありません。この場にいる誰もが、セリア様のことを大切な友人だと思っているはずですよ」

と、シャルロットは周りを見回して言う。

「……はい。皆さんが娘のことを大切に思ってくださっていることは、先ほどの会話からとても強く伝わってきました。母として心から嬉しく思います。皆様、本当にありがとうございます」

モニカは屋敷に暮らす皆に向かって、深々と頭を下げた。すると皆、面映ゆそうにはにかむ。

「えへへ」

ラティーファも照れ笑いをして、ぎゅうっと嬉しそうにセリアに抱きついた。セリアはほんのりと頬を赤くする。

「……そういえばまだ言っていませんでしたね」

沙月はくすぐったそうに頬を掻き、晴天の空を見上げる。そして再び視線を下げて、セリアに友愛の眼差しを向けると――、

「お帰りなさい、セリアさん」

そう言って、セリアの帰還を祝福した。

◇　◇　◇

それから、セリアは屋敷へ移動し、外で何をしてきたのかを沙月達に報告した。内容は基本的にクリスティーナやフランソワにした説明と被るが、数分かけて一通りの出来事を説明し終える。

「………………」

もちろんセリアのことは無条件に信用しているが、にわかには信じがたい話に思えたのだろう。皆、面食らっているというか、理解が追いついておらず戸惑っている。

「それで、私の魔法を確認(かくにん)したいという話になって。この後、クリスティーナ様が陛下と一緒にいらっしゃるので、ゴウキさんに私との手合わせをお願いしたいんです」

セリアは一同の反応を窺(うかが)ってから、ゴウキに話を振(ふ)った。

「某(それがし)は、構いませぬが……」

ゴウキは曖昧(あいまい)に頷く。手合わせをすると言っても、今こうしている間もセリアが隙(すき)だらけで容易(たやす)く制圧できてしまいそうだからだろう。

「とりあえず、手合わせをしてみればわかると思います」

百聞は一見にしかず。実際に手合わせをして実感してもらうのが一番手っ取り早いと、セリアは苦笑(くしょう)して話をまとめた。

それから、クリスティーナとフランソワが屋敷を訪(おとず)れる。セリア達は屋敷の裏庭へ移動した。一同に見守られる中――、

「《光翼飛翔魔法(フォースウィング)》」

セリアは古代の飛翔魔法(ひしょうまほう)を詠唱(えいしょう)して、背中から光の翼(つばさ)を生やした。直後、セリアの身体が重力を無視して浮き上がり、地面から両足がわずかに離れる。

「…………」

皆、大きく目を見開いて言葉を失う。セリアが空を飛ぶ魔法を覚えたと報告で聞いてはいたが、実際に目の当たりにするとその姿は実に神々しい。

「すごーい！　セリアお姉ちゃん、天使みたい！」

ラティーファは眼をきらきら輝かせてセリアに近づく。今にも抱きつかんばかりの勢いだったので――、

「あ、背中の光は熱エネルギーだから触らないように注意してね。ちょっと熱いわよ」

と、セリアは注意した。

「はーい！」

ラティーファはピタッと停止し、手を挙げて素直に返事をする。

「綺麗！　本当に天使みたいです、セリア先生！」

見学に来たフローラも興奮気味にセリアを称賛する。

「ありがとうございます。試しに飛行しているところをご覧にいれますね」

セリアははにかんで告げると、飛翔を開始した。そのままさらに上昇すると、屋敷の庭上空を高速で自由自在に飛んでみせる。その姿に――、

国王フランソワも興味深そうに唸った。セリアはそのまま十数秒ほど飛翔すると、地上に戻ってきて皆の前でふわりと着地する。

「と、こんな感じで空を飛ぶことが可能です。道中はこの魔法を使って移動しました。何かご質問はおありですか？」

「これは……、完全に新種の魔法ですよね？　先生が開発なさったのですか？」

クリスティーナが疑問を口にした。

「いえ。この魔法は新種ではなく、古代のものです。私はその術式を解析して習得したにすぎません」

と、セリアはここで報告に虚偽を混ぜ始める。実際にはある日突然、超越者になったリオやアイシアのことを思い出して、それと同時になぜか古代の魔法をいくつも習得したというのが真実であるが、正直に語ることはしなかった。というより、できなかった。

「古代の魔法の術式を……解析なさったのですか？」

クリスティーナが息を呑んで訊く。

当然だ。現代の魔術知識では解析が不可能な古代の術式はごまんとあるが、そのいずれもが現代の魔術よりも高度で実用が不可能とされている。解析して実用にこぎ着けたとなれば、とんでもない偉業だ。

　現代のシュトラール地方で人が飛行する手段としては魔道船を使うか、飛行が可能な騎獣を使役するかの二択しかない。そこに三番目の飛行手段が加わるとなれば、その有用性は推して知るべしだろう。

　それこそ、論文などで術式を公開すれば歴史に名を残せる程の功績になるだろうし、その後は何代にもわたって遊んで暮らせるほどの富を生み出すことも可能なはずだ。

「……はい。ベルトラム王国にいた頃から何年もかけて、旨に出発する直前になんとか習得にこぎ着けました」

　このタイミングで強力な古代の魔法の解析に成功して習得した――というのはいささか以上に突飛すぎる話だと報告しながらも感じているのか、セリアは固唾を呑んでクリスティーナ達の表情を窺う。果たして――、

「素晴らしい……。流石は先生です」

　クリスティーナは疑うそぶりを微塵も見せず、畏敬の念で声を震わせながら手放しでセリアを称賛した。セリアが嘘をついているとは思っていないし、セリアにならそれを達成できるだけの実力があると心の底から信じているからだろう。

「………ありがとうございます」

自分の努力とは無関係に習得した魔法であることに加え、敬愛するクリスティーナに嘘をついているからか、セリアは少しだけきまりが悪そうに深々と頭を下げて恐縮した。

「……では、我々でもその魔法は習得が可能なものなのでしょうか？」

クリスティーナが遠慮がちに口にする。この問いの先に「その魔法を自分達にも教えてもらうことは可能か？」「その魔法の習得に必要な術式契約の知識を公開するつもりはあるか？」という意味が秘められているのは確かだろう。為政者としては尋ねないわけにはいかない質問である。

ちなみに、新規に開発された術式や新たに解析に成功した古代の術式に関しては、知的財産権が発生する。国によって細部の扱いは異なるが、基本的には術式の開発者・解析者に権利が帰属して処分が可能であると、国法によって定められている。

よって、セリアが術式を公開したくないと言えば、その術式がたとえどれだけ有用であるとしても、その意思を尊重しなければならないのが原則だ。

「そうですね。契約に必要な術式の公開は可能ですが、いくつか問題もあって、広く普及させるのは難しいと思います」

「問題というのは……？」

「端的に言うと、使い手を選ぶ魔法だということでしょうか。まず、術式に適合する者はおそらくかなり少ないはずです。あとは適合したとしても、契約を成功させるためには魔道士として高度な技量が要求されること。それと実際に飛行するにあたっても相当コントロールが難しい魔法なので……」

「使い手が制限される、というわけですか」

具体的には、精霊の里の精霊術士などでなければ習得が困難な飛翔の精霊術と同じくらいの魔力操作技術が要求される。かつてのリオのように人間族としては異端の才能を持って飛翔の精霊術を習得した存在もいるが、例外中の例外であろう。

「消費する魔力も多いので、その意味でも使い手は選ぶと思います。あとは術式の構造もかなり複雑なので、契約に必要な術式を用意する手間や難易度も厄介でしょうか。術式をよく知る私がサポートするとしても一度に三、四名か、多くとも十名以内に教えるのが限界だと思います」

「では、術式契約に必要な知識や技術を提供していただけるのでしょうか？」

クリスティーナが申し訳なさそうに尋ねた。ロダニアという拠点も失い、現在のレストラシオンは資産らしい資産を失っている。術式に関する貴重な知識や技術をセリアに提出してもらっても、すぐには大した見返りを用意することはできないのだが――、

「もちろんです。クリスティーナ様の手札としてご活用ください」

セリアは二つ返事で了承した。見上げた忠誠心を目の当たりにして、国王フランソワも瞠目している。

「……ありがとうございます。すぐには難しいのですが、十分な恩賞をご用意することを確約させていただきます」

クリスティーナは深々とお辞儀をして、セリアに感謝の意を表明した。

「いえ、どうかお気になさらないでください！　他にも獲得した魔法の効果をお見せしますから。というわけで、ゴウキさん。手合わせをお願いしてもよろしいですか？」

「某はいつでも構いませぬ。カヨコ、審判を頼む」

ゴウキは鷹揚に頷き、セリアの手合わせ役を引き受けたのだった。

それから、セリアとゴウキは裏庭の奥まで進み、クリスティーナ達と十分に距離を置いた場所で向かい合った。セリアの手には木製の片手剣が、ゴウキの手には木刀が握られていて、二人の間にはカヨコが立っている。

「本当に剣を使われるのですな」

ゴウキはそう言いながら、セリアを観察する。

「はい」

と、頷くセリアのたたずまいは武人のそれではなく、剣など握ったことのない少女のそれだった。片手で握ることを前提にした木剣ですら碌に持てず、重心が崩れているのが容易に見ていてもわかる。

（やはり隙だらけにしか見えぬが……）

報告ではセリアが魔法で強力な身体強化を施し、剣を使って戦ったということくらいしかわかっていない。こうして対峙していてもセリアがわざと実力を隠しているようには見えず、ゴウキは首を傾げた。

また、ギャラリーとして離れて観戦している者達の目にもセリアが剣を握る姿は頼りなさそうに見えているのか、実に心配そうに見守っている。

「ねえ、大丈夫なのよね、アリア？」

リーゼロッテが隣に控える侍女のアリアに尋ねた。実際にセリアが剣を握って奮闘する姿を目撃した者は、この場では旅に同行したアリアだけだ。近くにいた沙月やサラ達の注目もアリアに集まった。

「ええ。度肝を抜かれると思いますよ」

アリアは愉快そうに微笑んで頷く。

「手合わせを始める前に二つ、魔法を使わせてください。私が剣を使って戦うために必要な魔法で、ゴウキさんに攻撃を加える魔法ではありません」

セリアがゴウキに魔法の使用許可を求める。

「もちろんです。どうぞ」

その魔法の効果を確かめるために、ゴウキはこの場にいるのだ。断る理由などない。

「では……《憑依・型・剣王・英雄模造魔法》」

セリアはふうっと深呼吸をして、呪文を詠唱した。直後、セリアの身体を包み込むように、通常の身体能力強化魔法よりも遥かに複雑で幾何学的な形の術式が浮かび上がる。

「あれは……」

瞠目するクリスティーナ達。

「……ほう」

ゴウキは興味深そうに唸り、同時に木刀を油断なく構えた。というのも、術式に包み込まれたセリアの雰囲気が一変したからだ。

剣の握り方、構え、重心、脱力の仕方。どれもが完璧だった。目つきや表情も鋭く研ぎ澄まされている。普段のセリアとは完全に別人だ。

先ほどまでは確かに剣を握ったこともないような頼りない少女がそこにいたのに、今は歴戦の達人を彷彿とさせる剣士がそこにいる。

「……セリアさん？」

サラやアルマなど、戦いに身を置く少女達もセリアの変化に気づいたらしい。本当に自分達が知る人物なのかと、目をみはっている。

（これは、なんとも奇っ怪な……）

ゴウキの口許がニヤリと弧を描く。先ほどまでは隙だらけに見えたのに、今のセリアは微塵も隙が見当たらなかった。

やがてセリアの全身を包んでいた術式の光が消えると――、

「《汝求・平和之為・英雄育成魔法》」

セリアは追加で魔法を使用した。複雑な構造をした術式の光が新たに浮かび上がり、セリアの華奢な身体を包み込む。

すると、セリアの身体から溢れる魔力の量が一気に膨れ上がった。精霊術か、古代の魔剣でしかなしえないはずの強力な身体強化が施されている証である。

「なるほど、確かにこれは……」

ゴウキはセリアの身体に何が起きたのかを瞬時に見抜いたのか、自身も精霊術を発動させてすかさず身体強化を施した。これで条件は五分と五分。

「準備完了です」

セリアがいつでも手合わせできることを伝えると――、

「カヨコよ。すぐに合図を」

ゴウキは高ぶる気持ちを隠さず、妻カヨコに手合わせの開始を促した。

「……魔法と術の使用も認めるということでしたが、両者、くれぐれも熱くなって加減を間違えぬよう」

カヨコがやれやれと告げる。

「うむ」「はい」

ゴウキとセリアの返事が重なって――、

「では……、始め」

いよいよ、手合わせが始まった。

直後。両者、思い切りよく前に飛び出す。互いに十数メートル離れた位置に立っていたのに、わずか一秒足らずで間合いが埋まった。

と、同時に、二人は互いの得物を振るい合う。木製の武器がぶつかり合い、甲高い音が屋敷の裏庭に響き渡った。

「っ……」

セリアがわずかに目を見開く。ゴウキは愉快そうに唇を歪める。しかし、互いにそれで動きを止めることもせず、二人は続けて手にした武器を振るい続けた。

瞬間、木と木がぶつかり合う音が無数に響き渡る。互いに有効な一撃を加えようと自らの得物を走らせるが、相手の武器に行く手を阻まれているのだ。

それから、二人はそのまま足を止めてその場で斬り合うかと思えば、どちらからともなく駆け出した。接近しては斬り合い、またすぐに距離を置く。互いに裏をかこうとフェイントも織り交ぜ、高度な読み合いを行って相手の隙を突こうとする。

完全に達人同士の手合わせだった。まだ数十秒と経過していないのが嘘のようだ。濃縮されているみたいに、時間がゆっくりと流れていく。

観戦している者達は皆、完全に言葉を失っていたが――、

「……先生はいつ、あれほどの剣術を？」

クリスティーナがかろうじて疑問を口からひねり出した。その質問はセリアと共に旅をしてきたアリアに向けられたものである。手合わせの前に、セリアから解説役を頼まれているからだ。

「最初に使った魔法が、達人の域にある剣士の動きを再現するものだとか。セリア曰くズ

ルをしている状態だと言っていましたが、まさにその通りかと思います」

　アリアが苦笑しながら解説する。剣の才能に恵まれた者が長年の月日をかけることでようやくたどり着ける境地に、魔法を使うだけで瞬時に到達できるのだ。確かに、ズル以外の何物でもない。ただ――、

「……では、あの魔法を使えば誰でも今の先生のように戦えると？」

「理論上は可能らしいです。が、あの魔法も相当習得が困難だそうですから……」

　誰にでも使える魔法ではない。魔道士として才能に恵まれた者でなければ習得に至るのは難しいと、アリアは付け加えた。

「それに、ある程度の修練を積んだ武人にとっては弊害の方が大きいとか」

　アリアはさらに説明を追加する。

「それはなぜ？」

「長年の修練によって身体に染みこんだ動きが妨げになるそうです。アレは剣など握ったことのない者のために存在する魔法だとか」

　つまり、魔道士としての才能には恵まれているが、武人としての才能は皆無な者のために存在する魔法というわけだ。セリアにとってはうってつけである。

「……二つ目に使った魔法の正体は？」

「古代の魔剣に備わっている身体強化の魔術と同等の効果を持つ魔法だそうです。言うなれば身体能力強化魔法の上位互換となる魔法ですね」

すなわち、魔剣を持たない者でも、魔剣を所持した者と同等に動けるようになる魔法というわけだ。いずれも現代魔法では再現が不可能な効果である。

「…………」

クリスティーナは再び言葉を失い、セリアを凝視した。光翼飛翔魔法、英雄模造魔法、英雄育成魔法。この短時間でセリアは三つの魔法を披露したわけだが――、

(どれも解析が不可能に近い古代魔法のはず。一つならまだしも、それらすべてを解析したというの？)

歴史に名を残すような高名な魔道士が生涯を賭したとしても、たった一つを解析できるかも怪しい。それを三つも同時に、いったいどうやって？　そんなこと、セリアでも可能なのだろうか？　そもそもどこでそんな未知の術式を発見したのか……。

と、いくらセリアに対して無条件の信用を寄せているとはいえ、クリスティーナが困惑するのは無理もなかった。一方で、手合わせは――、

(すごい、全然隙を突けない……)

ちょうどセリアがゴウキと距離を置いたところだった。形勢は互角。というより、セリ

アが果敢に攻めようとしているのだが、ゴウキにそれを見事に阻まれている。

（武器を使って戦う人達の強さって、今まで漠然としかわかっていなかったけど……）

ゴウキの強さも、今ならば鮮明にわかる。セリアは表情を変えず、内心で強く感嘆していた。すると――、

「そろそろ手合わせは中断としますかな？」

と、ゴウキがセリアに尋ねた。確かに、セリアの魔法をお披露目するという目的は既に達成されている。が――、

「……もう少し、付き合ってくれませんか？　今の私がどこまでゴウキさんを相手に戦えるのか、知りたいんです」

セリアは手合わせの継続を望んだ。

「喜んで。なんなら他の魔法を使ってもよろしいですぞ？」

ゴウキも快く受け容れる。強い相手との手合わせは願ったり叶ったりなのだろう。

「魔法は……、いえ、今回は剣だけでゴウキさんと戦ってみたいです」

不思議だった。自分は生粋の魔道士のはずなのに、剣を握って猛っている武人としての自分がいる。セリアはそのことに気づく。

「魔法アリの戦いは次回のお楽しみというわけですか。いいでしょう。では、某もこの木

刀一本で戦うとしましょう」

「とはいえ、クリスティーナ様達をあまりお待たせするわけにもまいりません。次の対峙で勝負を決めるつもりで、ゴウキさんに挑もうと思います」

「ふははっ、いいですなあ。まさかセリア殿とこのようなやりとりができる日が訪れるとは夢にも思いませんでした。その勝負、受けて立ちましょう」

いざ尋常に、ゴウキとセリアは互いの得物を構え直す。

「…………」

両者、無言になり、勝機が覗けて仕掛ける瞬間を待つ。果たして――、

「っ……！」

その瞬間は数秒とかからず訪れる。互いに勝機を見いだしたのだろう。動き出したのは同時だった。

（来る……！）

今のセリアは周囲の時間がゆっくりと流れているかのような感覚を抱いていた。だからゴウキがどうやって木刀を振るうのか、その軌道まで視える。ゴウキが横薙ぎに振るおうとしている木刀を下から弾き飛ばそうと、セリアも低めに木剣を横薙ぎに振るった。

そうして、互いの武器が衝突する直前、ゴウキが木刀の軌道をわずかに逸らした。セリ

アの木剣が下から滑り込んでくるのを見て反応したのだ。

セリアが振るう木剣の軌道にわずかな迷いが生じる。それでも咄嗟に軌道を修正しようとするが、ゴウキが機先を制してきた。セリアの剣先に迷いが生じた瞬間を見計らって、思い切りよく木刀を振り抜く。結果――、

「っ⁉」

セリアの木剣が弾かれて、宙を舞った。すぐさま後退して木剣を回収しようとするが、ゴウキがそれを許すはずもない。木刀の切っ先を突きつけられ――、

「……負けました」

セリアが脱力し、敗北を宣言する。ただ、その表情は晴れ晴れとしていて――、

（すごいなあ……）

勝利したゴウキに対して称賛の念を抱いていた。最後に勝敗を左右したのは、ゴウキが長年の経験で培った勝負勘によるものだろう。

いかにセリアが魔法で達人の技量を獲得したといっても、勝敗を左右するようなギリギリの状況で戦う経験が圧倒的に不足している。だから、肉体をどう動かせば良いのか頭ではわかっていたはずなのに、わずかな迷いが生じた。

とはいえ、セリアの戦い振りが達人と呼ばれるに足るものであったことも疑いようがな

い。ゆえに――、

「いやはや、どういうカラクリかはわかりませぬが、実に胸躍る見事な戦い振りでした。お見事です」

ゴウキは手放しでセリアを称賛する。そうして、二人の手合わせはゴウキの勝利で幕を閉じることになったのだった。

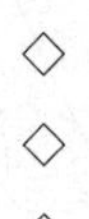

二人の手合わせが終わった後。セリアとゴウキとカヨコはギャラリーのもとへ戻った。

「セリアお姉ちゃん、すごい！」

ラティーファはセリアに駆け寄り、ぎゅっと抱きつく。

「ありがとう」

セリアは優しくラティーファの頭を撫でながら、皆の顔を見回した。程度の差こそあるが、誰もが衝撃を受けているのが窺える。当然だ。強力な古代魔法を三つも披露して、純粋な剣技だけでゴウキと互角に渡り合ったのだから。披露していない古代魔法はまだ他にもあるが、つい先日までのセリアからは想像もできないような大立ち回りである。

（……ちょっとやりすぎた？　……ううん）

一瞬、セリアは躊躇うが、すぐに迷いを断ち切る。だって、決めたのだ。今後はリオやアイシアが表立って戦うことができない。もう二人に守られるわけにはいかない。二人を戦わせるわけにはいかない。自分のことは自分で守る、と。

だから、多少やりすぎなくらいでちょうどいい。力を隠して、いざという時に躊躇してしまうようなことがあってはならないのだ。

「なにあの魔法⁉　すごい、すごいよ！　とっても格好良かった！」

ラティーファが興奮してセリアを称賛する。

「でしょ」

セリアは照れ臭そうに、けど少し誇らしげに胸を張った。ただ――、

（あれ……？）

ちょっと気がついたことがあった。こういう時、真っ先にはしゃぎそうな雅人が妙に大人しい気がしたのだ。というより、雅人の姿が見当たらない。美春と亜紀もだ。

（ねえ、アイシア）

セリアは念話でアイシアに訊いてみることにした。

（なに？）

（ミハル達はどこにいるかわかる？）

（……お城にいる）

（屋敷じゃなくて？　何かあったの？）

（貴久が失踪した）

「えっ⁉」

衝撃の事実を知り、セリアが思わず声を漏らしてしまう。

「……どうかしました、セリアさん？」

沙月が目を丸くして尋ねる。

「あ、えっと……。そういえば、ミハル達の姿がないなと思って。私がいない間に何か変わりはありました？」

セリアがぎこちなく話を振ると、沙月の顔に影が差す。

「…………ええ。少し。というか、まあ、その……」

沙月は口を苦そうに歪めてたっぷりと逡巡してから、なんとも歯切れの悪い調子で肯定する。

「いったい何が……？」

「……今度はこっちが説明する番ですね。場所を変えて話しましょうか」

沙月は深く溜息をついて、セリアを屋敷へ誘ったのだった。

クリスティーナやフランソワ達が城へ戻った一方で、セリアは沙月、シャルロット、サラの三人と一緒に屋敷の応接室へ移動した。セリアが屋敷を不在にしている間に何が起きたのか、一通り話を聞いたところで――、

「というわけで、貴久君がお城から失踪したとわかったのが今朝のことです」

と、沙月が話をまとめる。

「私が外にいた間にそんなことがあったなんて……。それでミハル達の姿が見当たらなかったんですね」

「三人とも捜索隊の報告待ちで、リリアーナ姫と一緒にお城にいます」

沙月も美春達と一緒にいたのだが、セリアが帰ってきたと報告を聞いて、美春達の代わりに抜け出してきたのだ。

「タカヒサ様の行き先について、何か手がかりは掴めているんでしょうか？」

「勇者様の顔立ちや髪の色はシュトラール地方では珍しいですからね。王都に留まっているのなら、数日中には見つかるだろうとは思います」

シャルロットが捜査の見込みを語る。

ただ、神装を操る勇者の身体能力は超人だ。全力で走れば野生の獣を置き去りにする速度で駆けることができるし、その気になれば十メートル程度の壁を乗り越えることも造作ない。貴久がお城から抜け出したのもその身体能力を活かしてのことだろう。常人の行動範囲を前提に移動範囲を想定するわけにもいかない。

「そのことなんですが、可能なら私も捜索に協力したいんです」

サラが手を挙げて申し出た。

「……サラ様が？」

「私が契約している精霊のヘルは鼻が利きます。お城の捜索隊も犬を使って捜査を行うと聞きましたが、許可してもらえれば私も加わろうかと。私とヘルは簡単な意思の疎通もできるので、得られる情報量も多いはずです」

ヘルに頼るまでもなく、サラは狼獣人だ。嗅覚能力は人間の比ではない。匂いを嗅ぎ取れる距離自体はせいぜい数メートル程度だが、匂いが続く限りはどこまでも嗅ぎ分けて追跡することができる。

ただ、精霊術や契約精霊のことはともかく、サラが獣人であることはいまだに隠し続けている。だから、表向きはヘルに捜索してもらうという名目が必要だった。

「だとしたら、とても心強いですけど……」

許可の裁量を持つのは王族のシャルロットだろうと、沙月が視線を向ける。

「サラ様と契約されているヘルはかなり目立ちますよね？　王都を連れて歩き回ると混乱が起きる恐れがありませんか？」

シャルロットもヘルの姿を見たことはあるが、人間くらい一口で呑み込んでしまいそうなくらいのサイズはあった。そんな巨体の狼が街中を歩けば市民がどういう反応をするかは想像に難くない。ただ――、

「実体化する際のサイズはある程度、調整できるんです。小さめに実体化すれば大型犬くらいのサイズにはなれるので、町の人達を怖がらせることはないと思います」

と、サラはシャルロットが懸念した問題点を払拭する。

「そうですか……。であれば、私からお父様にご説明して許可を得ます。今日はもう直に夕方になってしまいますから、明日の朝からでも捜索に加わっていただけますか？　自由に捜索できるよう、私の護衛騎士も同行させますから」

もちろん最終的な決定権を持つのは国王であるフランソワだが、首を横に振る可能性は低いだろう。そう考えてのことか、シャルロットは暫定的に許可を出した。シャルロット

の護衛騎士は屋敷の警護を任されているので、サラとも少なからず面識がある。

「みんなを心配させて、迷惑をかけて、本当、何しているんだか……」

沙月がきゅっと唇を噛みしめ、現状に対する複雑な心境を苦々しく吐露する。

「……ミハル達は大丈夫ですか？」

貴久がいなくなって強いショックを受けているのではないかと、セリアは美春達の精神状態を案じた。

「三人とも色々と……、思うところがあるみたいです。変に責任を感じて塞ぎ込まないといいんですけど」

そう語る沙月も少なからず責任を感じているのか、沈んだ表情になる。

「であれば、早く帰ってきてもらうしかありませんね。サラ様にもご協力いただけるようですし。存外、お腹が減って自分から帰ってくるかもしれません」

シャルロットなりに沙月を元気づけようとしているのか、やれやれと語った。

「確かに、だといいわね」

弱々しくではあるが、ここでようやく沙月は笑みを覗かせて――、

「本当に、変な場所に行っていなければいいんだけど……」

遠い目で、窓の外を眺めたのだった。

【第三章】 お城の外に広がる世界で

時はセリアがガルアーク王国城に帰還した日の未明まで遡る。

「はぁ、はぁ……」

貴久は気がつけば、お城の部屋を抜け出していた。そして気がつけば、警備の兵士達の目を盗んで、城の城壁を乗り越えようとしていた。

「はぁ、はぁ、はぁ……」

気がつけば、壁を乗り越えていた。気がつけば額に汗を滲ませながら、夜闇に包まれた貴族街をがむしゃらに駆けていた。

「はぁ、はぁ、はぁ、はっぁ、はぁー……」

神装が身体強化を施してくれているはずなのに、脚が鉄球でも引きずっているみたいに重い。胸の動悸はひどくなる一方だ。上手く呼吸することができない。

「はっ、はぁー」

十メートル以上ある貴族街の石壁も、野生の獣みたいな動きで遮二無二に駆け上る。壁の上から平民街側の地面を見下ろす。

真っ暗で、地面はよく見えなかった。高いところはあまり得意ではないのだけど、貴久は突起にしがみついて壁を降り始める。やがて地面に足をつけると、王城から遠ざかろうと再び駆けだした。

貴族街には要所要所に灯りが灯されていたけれど、平民街は灯りの数が少なくて本当に真っ暗だった。それでも月明かりを頼りに路地を突き進み、二、三分は歩いたところで貴久はようやく立ち止まる。そして月明かりに照らされたガルアーク王国城を、遠目にぼんやりと眺めた。すると――、

――最低っ。貴久君、最低だよ。

貴久の脳裏に、強く怒る美春の顔が思い浮かぶ。

初めてだった。美春があんなに怒っている顔を見るのも、ましてや美春に頬をはたかれたのも、初めてのことだった。

――貴久君のことは嫌い。大嫌い。一緒にはいられない。いたくない。だからもう、二度と私の前に顔を見せないで。

美春はそう言って、貴久を拒絶した。セントステラ王国に帰って、もう二度と顔を見せるなと、怒りを顕わにした。

いや、美春だけじゃない。リリアーナ、亜紀、雅人、沙月。あの場にいた全員が、貴久のことを拒絶していた。その証拠に、貴久がガルアーク王国に留まることを誰も許してくれなかった。貴久の味方をしてくれる者は、一人もいなかった。

貴久に残された選択肢は、夜明けと共に魔道船に乗ってセントステラ王国へ帰ることだけだった。けど――、

「…………嫌だ」

貴久は怯えたように首を横に振り、後ずさりをしてお城から遠ざかる。

（嫌だ、嫌だ。セントステラ王国には、帰りたくない！）

ガルアーク王国城に残りたい。けど、誰もそれを許してくれない。あと二、三時間もすれば夜が明けて、セントステラ王国へ強制送還されてしまう。与えられた選択肢を受け容れられず、貴久は気がつけばお城を抜け出した。

矛盾している。ガルアーク王国城に残り続けたいのに、自らの足でガルアーク王国城から逃げようとしている。

「……はぁ、はーっ、はぁ、はっ、はっぁ、はぁー」

治まりかけていた呼吸が再び荒くなり、胸の動悸が強くぶり返してきた。美春に平手打ちをされたのはもう何時間も前のことなのに、左の頬がヒリヒリと熱を放っている気がす

る。それを誤魔化すために――、

「っぁ……！」

貴久は爪が食い込むほどに左の頬を手で握りしめる。そしてふらふらとした足取りで歩き出すと、真っ暗な平民街に姿を消した。

暗黒の中、どれくらい王都をさまよったのだろうか？

灯り一つない暗闇をぼうっと歩いていた貴久だったが、大通りを外れた行き止まりの路地裏にたどり着くと、膝を抱えてじっと蹲った。

ただ、この世界に生きる者達の朝は早い。日が昇り始めた頃になると、活動を開始する者達が町を出歩き始めた。

そうして、大通りが賑わい始めたことを察すると、貴久は居心地の悪さを覚えて、移動を再開する。人が少ない方へ、人が少ない方へと場所を変えていき、貴久はやがてしんと静まり返っている区画を見つけた。

「…………」

　ここなら人が来ないだろう。貴久はそう思って、再び路地裏で膝を抱えて蹲る。誰にも会いたくない。顔を合わせたくない。だから、一人になりたかった。

　お城でのことは考えたくない。今自分が置かれている状況について考えたくない。これからどうしようとか考えたくない。美春に頬をぶたれたことを思い出したくない。現実を直視したくない。というか、何も考えたくない。

　なのに……。朝を迎え、今ごろお城では騒ぎになっているのだろうか？　とか。みんな怒っているだろうか？　とか。帰った方がいいんじゃないか？　とか。

　色んなことが次々と頭をよぎる。心を無にしたいのに、無にできない。その度に貴久は膝を抱える力を強め、じっと蹲った。

　だが、嫌なことばかり思い浮かぶのが幸いでもあった。おかげで頭も心もごっちゃになって、思考が鈍化している。嫌なことを嫌だと感じるだけで済むし、現実を深く直視せずに済む。そうやって、貴久は人気のない路地裏でただただ時間が流れるのを待った。

　いつの間にか、日が傾き始めていた。貴久がお城を抜け出してから、軽く半日以上が経

過した証拠だ。

すると不意に、静寂な時間が終わりを迎えた。日中はずっと静かだったのに、夕暮れ時が近づくと路地先に伸びる通りを出歩く人の数が増えたのだ。一時的なことかと思って無視していたけれど、静まることがない。

「…………」

貴久は場所を変えようと、ゆっくりと立ち上がった。そのまま歩いて路地から大通りに出ると――、

「っ…………」

肌面積の多い衣服を着た妖艶な女性達が数多く出歩いていた。そして同じくらい、鼻の下を伸ばしている男達がいた。貴久は息を呑み、思わず立ち尽くしてしまう。

そこは娼館街だった。王都の中でもスラム街と隣接する区画で、あまり治安がよろしくないことでも知られている。

夕暮れを迎えるこれからが、働き時なのだろう。自分から積極的に異性へ声をかける者がいれば、既に商談が成立して仲睦まじそうに歩く男女もいる。

また、大通りの端には鋭い目つきをした柄の悪そうな男が紛れていて、通りを歩く者達をじっと観察するように眺めていた。娼館街の路地から出てきて、ぼんやりと立ち尽くす

貴久を発見すると――、

「ん……？」

男はそのまま観察して値踏みするような視線を貴久に向けた。男のすぐ傍には娼婦達がいるが、娼館を経営する側の人間だろうか？　その男はとても娼館街へ遊びに来たようには見えない。一方で、当の貴久といえば――、

（なんだ、ここは……）

香水の甘い香りが漂ってきてようやく頭が回転し始めたのか、自分が今どんな場所にいるのかを察した。そして居心地の悪さを覚えたのか、貴久は大通りに出てそのまま娼館街を出て行こうとした。だが、その前に貴久に声をかける人物が現れる。

「ねえねえ」「……え？」

若い女の子だった。つい先ほど、路地の隅から貴久を観察していた男の傍に控えていた娼婦の一人である。貴久と同じくらいの年頃だろうか。女の子は甘い声を出して、貴久の腕に抱きついた。

貴久は足を止めて、無言のまま女の子に視線を向ける。気力のない眼差しだった。

「っ……」

女の子は気圧されたのか、わずかに息を呑む。

「何？」

「あ、えっと……」

おそらくは娼婦として貴久に営業をかけに来たのだろうが、反応があまりにも淡泊だったからか、女の子は言葉に詰まってしまう。

「……用がないなら放してくれるかな」

普段の貴久ならもっとウブな反応を見せていたのだろうが、この時ばかりは素っ気なく手を振りほどいて立ち去ろうとした。

「あ、ちょ、ちょっと！　待ってよ！　遊びに来たんじゃないの？」

女の子は慌てて貴久に追いすがり、胸の谷間を誇張するように貴久の腕に押しつけた。

香水の甘い香りと、柔らかな肉の感触が伝わって――、

「……違うよ」

貴久は流石に気まずそうな表情になって、かぶりを振った。ようやく年頃の男の子らしい反応を垣間見たからか、女の子はわずかに胸をなで下ろす。そして――、

「だったら遊んでいかない？　お金、持っているんでしょ？」

と、積極的に貴久を誘った。

「ないよ」

即答する貴久。この世界に来てからお金を使う必要のない暮らしをしてきたし、着のみ着のまま城を抜け出してきた。だから当然、貴久は一文無しなわけだが――、

「嘘。そんなすごい服を着て、絶対良いところの人だもん。もしかして、貴族様？」

女の子は貴久がお金を持っていそうな理由を語る。

「え？　ああ、これは……」

貴久は自分の身体を見下ろして、着用している服を視界に収めた。国が勇者のために王室御用達の職人に命じて作らせた衣服だ。高く見えないはずがない。

というか、目立つ。まだ日が降りきっていない娼館街の中では人目を引いて仕方がなかった。今も「とんでもねえ貴族のガキが遊びに来たぞ」という視線が貴久に向けられているし、娼館を経営する者達から見たらカモに見られかねないだろう。実際、だからこそ女の子も貴久に声をかけたのだと思われる。

「ね、私と遊ぼうよ？」

女の子は貴久の腕に抱きつく力を強めて誘惑する。そして、通りの端に潜む男の顔色を窺うように一瞥した。男は「もっと積極的に誘惑して貴久を落とせ」と言わんばかりに顎をしゃくる。

「だから、本当にそんなつもりはないんだ。ここもこんな場所だと知らなかったというか

来たくて来たわけじゃなくて」

「こんな場所、か。そうだよね。貴方(あなた)みたいな若くて恵まれた人が、こんな場所で働いている私みたいな女を相手にするわけないよね……」

「別に恵まれてなんか……。お金は本当に持ってきていないんだ。それに……」

歯がゆそうに語る貴久だが、途中(とちゅう)で言葉に詰まる。

「それに？」

「………好きな人が、いるんだ」

貴久は苦虫を噛み潰(つぶ)すように、顔をしかめて答えた。

「…………」

女の子は息を呑む。こんなに苦しそうな顔で好きな人がいると口にする理由がわからなかったのかもしれない。

「そういうわけだから」

ごめん——と、貴久は女の子の腕を振りほどいた。

「あ……」

女の子は咄嗟に手を伸ばそうとするが、貴久は足早に歩きだしてしまう。通りの端にはいまだ柄の悪い男が潜んでいて、血走った目で実に不機嫌(ふきげん)そうに貴久に声をかけた女の子

を睨みつけていた。彼女はそのことに気づくと──、

「ね、ねえ、待って！　待ってよ！」

急いで貴久を追いかけ、後ろから手を掴んだ。

「え？」

まだ話しかけてくるとは思っていなかったのか、戸惑う貴久。

「道がわからなくてこんな場所に来たんでしょ？」

と、貴久に語りかける女の子の声色は、切羽詰まっているというか、必死さが滲み出ているように聞こえた。

「まあ、そうだけど」

貴久は曖昧に相槌を打つ。もともと行き先は決まっていないからだ。一方で──、

「この辺り道が入り組んでいるから、ほら」

女の子はそう言うや否や、貴久の手を引いてぐいぐいと歩きだす。半ば強引に道案内を開始されて、貴久はすっかり困惑してしまう。

「え？　ちょ、ちょっと待って？　君、何するつもり？」

「ここに用はないんでしょ？　案内してあげる」

そうやって二人が娼館街から出て行くのを確認したところで、通りの端に潜む男も後を

追いかけるようにひっそりと歩きだした。女の子は貴久を先導し、娼館街の大通りから裏通りに入っていく。すると人通りが少なくなる。

目立つことを嫌っていたのか、周りの目を気にしていた貴久だったが、周りを歩く人の数が減るとわずかに胸をなで下ろした。そして――、

「ね、ねえ、ちょっと待ってよ。いったいどこに行くつもり？」

貴久は女の子の手を振り払って立ち止まると、問いを発した。

「どこって……、帰りたいんでしょ？」

女の子は自分が入ってきた路地裏の入り口を一瞥して、誰も追ってくる者がいないことを確認してから、ほっとしたように息をついて答える。

「それは違う、別に俺は帰りたいわけじゃ……」

「そう、なの？　だったらやっぱり私と良いことする？」

女の子は目を丸くするが、これ幸いにと再び貴久を誘惑する。

「しないよ。もういいだろ。道案内なんてしなくていいから、俺のことは放っておいてくれよ」

貴久は疲れ顔で溜息交じりに拒否し、女の子に警戒の念を向けた。すると――、

「……ねえ、本当のことを言うと私、貴方のことを絶対に客にしてこいって怖い男に命令

されているの。このまま帰ったらひどいことをされる。助けると思って、一緒に私の部屋に行かない？」

　女の子は貴久にしなだれかかり、積極的に誘惑する理由を吐露した。情に訴えかける作戦なのか、あるいは彼女に命令を出した男のことが怖いというのは本当なのか、その手はわずかに震えている。

「そんなこと、俺に言われても……。俺なんかが客にならなくても、他にいくらでも客になりそうな人は歩いていたじゃないか」

　貴久はそう言って離れようと身を引くが、女の子も簡単には放さない。貴久の腕を胸に押しつけてホールドしている。

「アイツはたぶん貴方がとてもお金を持っていそうだから上客にしたいんだと思う。相手は若い方がいいだろうって、たまたま手が空いていた私が命令されただけで……」

　と、女の子はさらに事情を語りながら――、

（それに、話していてわかる。この人すごくウブそうだし、優しいし。カモになるって思われたのかも？）

　他にも理由はあるのかもしれないと、推察していた。ウブな男性客は一度心を掴んでしまえば、以降も通い詰めてくれる上客になりやすい。加えてお金を持っていそうなら、娼

婦としては最高の商売相手だ。

「だからお金は持っていないんだって、何度も言っているじゃないか」

貴久は何度目かわからない溜息をついて説明する。だが――、

「そんなの嘘でしょ」

女の子は貴久が文無しだと信じていなかった。まあ、無理もない。それだけ貴久が着ている服は上等だった。

「本当にないよ。何なら調べてくれたっていい」

そう言って、貴久は空いている手で自分のポケットをまさぐり始めた。

「……本当に？」

女の子がいったん貴久から離れて、訝しそうに全身を見る。

「どうぞ」

自由に調べていいよ――と言わんばかりに、貴久は両腕を軽くもたげた。

「じゃあ……」

女の子は貴久の身体に触れて、財布を持っていないかチェックし始める。そして貴久が本当にお金を持っていないことを知ると――、

「う、嘘でしょ。まさか本当に文無しだったなんて。そんなに高そうな服を着て、なんで

お金を持っていないのよ……」

両手で頭を抱え、その場でしゃがみ込んだ。

「いや、お金なんて、使う必要がなかったから……」

「はぁ？　お金を使う必要がない⁉　そんなわけないでしょ⁉　貴方、いったいどういう生活をしてきたのよ⁉」

女の子は声を荒らげて強く反駁した。

「いや、まあ……。そう、だね。そうだよね……」

貴久は実にバツが悪そうに顔を曇らせる。ずっと現実逃避してきたが、確かにお金がないのは問題だと思ったのだろう。それに、女の子と話をしている内に気が紛れて、ようやく冷静になったのかもしれない。

とはいえ、まだまだ現実からは逃避していたいのか――、

「……とにかく、俺が君の客になれないことはわかったろ？」

貴久は女の子との会話を打ち切ろうとした。ただ――、

「どうしよう。あいつになんて説明したら……」

自分に命令をしてきた男のことを怖がっているのか、女の子に貴久の言葉は届いていなかった。男にどう説明すればいいのか、少し青ざめた顔で悩んでいる。

「……そんなに怖い人なの？」

「そうよ。若旦那って呼ばれていて、娼館街を仕切っている組織の幹部なの。気性が荒くて、娼婦のことなんか消耗品としか思っていないような最低の男。貴方みたいな超上客にしか見えない男を大人しく帰したなんて知られたら、絶対罰金を支払わされる」

最悪だと、女の子は深く溜息をついた。

「それは気の毒だけど……。だったらこんな仕事は止めた方がいい」

貴久は真っ当な正論を口にした。だが――、

「っ……」

女の子はぶるりと身体を震わせ、ムッとする。続けて何か言おうとするが――、

「あっ⁉」

自分達がいる路地裏の入り口に誰か男が入ってくるのを見つけると、いきなりギュッと正面から貴久に抱きついた。

「……は？」

貴久は意味がわからず、目を点にする。

「さ、最悪！　アイツ、私のこと見張りにきた！」

と、女の子は苦々しく愚痴る。

「アイツ……？」

貴久からすれば背中側のことなので、誰が来たのかまったくわからなかった。

「若旦那！」

と、女の子は「アイツ」が誰なのかを貴久に教える。そして――、

「私が貴方のことをちゃんと口説けたか確認しにきたのよ」

若旦那が女の子を追いかけて路地裏に入ってきた理由も告げた。それで貴久は振り向いて、路地裏の入り口を確認しようとするが――、

「だ、駄目！　私が変なことを言ったと思われちゃう！」

女の子が貴久の顔を掴んで固定した。そのままキスするように顔を近づけていく。貴久の方が背は高いので、女の子が背伸びをして貴久を見上げる構図である。

「ちょ……」

貴久は身体を強ばらせて反射的に離れようとした。ただ、女の子がそれを許さない。貴久の背中に両腕を回し込み、ぎゅっと抱きつき続けている。女の子のぬくもりが直に伝わってきて、貴久はいっそう身体を硬直させた。それから――、

「…………」

女の子は貴久に抱きつきながら、何かを決心したらしい。貴久に抱きついたまま、軽く

深呼吸をした。そして――、

「来て」

貴久の腕に自分の腕を絡めて、歩きだした。

「は？　え？　どこに？」

貴久は激しく困惑する。

「私の部屋」

少女は端的に、行き先を告げた。

「……は、はぁ？」

貴久の裏返った悲鳴が路地裏に響いたのは、数秒後のことだった。

◇◇◇

貴久は名前も知らない女の子と一緒に、娼館街の路地を突き進んでいく。

二、三分も歩くと――、

「ここよ」

女の子が貴久の腕を抱き寄せたまま、とある建物の前で立ち止まった。

「ここは……？」

貴久が辺りを見回しながら、恐る恐る尋ねる。

現在地は賑わいのある娼館街の大通りを外れた路地裏に位置する。大通りに比べると人通りは格段に少ないが、仲睦まじげな男女の姿がちらほらと見受けられた。腕を組んで建物に入っていく者達の姿も見える。

「私が勤めている娼館よ。私の部屋、ここにあるから」

と、女の子は素っ気なく言う。

「しょ、娼館……？」

対する貴久の声はどぎまぎと上ずっていた。

「当然でしょ。私、娼婦だもん」

「…………」

思考が停止したのか、貴久は言葉を失ったまま娼館を見上げていた。建物は四階建ての石造で、高級店のたたずまいである。

「高級店なのよ。貴族が暮らす建物ほどじゃないんでしょうけど、立派でしょ？」

「な、なんで、こんな路地裏に高級店が……」

「高級店だから、大通りじゃなくてこういう路地裏にあるのよ。人目を気にするような上客はこういう場所にある店を好むの。さ、入りましょう」

「ちょ、ちょっと……!?」

「いいから。変に思われるから、黙っていて」

抗議しようとする貴久だが、女の子に腕を引かれてずるずると引きずられていく。そうして、店の中に入ると――、

「一名様。新規のお客様よ」

女の子がカウンターにいた店番の男に語りかけ、手短に手続を済ませた。店番の男がじろりと貴久を見つめると、貴久は気まずそうに視線を逸らす。

「……どうぞ、お楽しみに」

店番の男はふふんと笑って貴久を歓迎した。

「では、どうぞこちらへ、ご主人様。私の部屋は二階にございます」

女の子は貴久に腕を絡めて、実にあざとい声色で案内を開始した。口調も営業然としたものになっているが、店番の男の目があるからだろう。

「………」

貴久が呆気にとられていると――、

「さあ、早くお部屋へ行きましょう」

女の子が貴久の腕を引いて、階段へと誘う。そうして二階に上がると、左右へと通路が伸びていた。二階だけで八部屋はあるだろうか。

人の姿はなく、通路自体は静謐な空間だった。ただ、しんと静まり返った部屋で鳴り響く時計の音が気になってしまうように、各部屋からわずかに漏れ出ている嬌声やベッドが軋む音が誇張されて貴久の耳に届く。

加えて、館内に入った時にも思ったが、二階に上ったことで甘いお香の香りがひときわ強くなった。性欲を刺激するような効果でもあるのか、あるいは各部屋から漏れ出る音との相乗効果なのか──、

「…………」

貴久は全身がカッと熱くなるのを感じた。その証拠に顔が紅潮して熱を帯びているのが傍目から見てもわかる。自分の腕を抱き寄せる女の子の体温や胸の柔らかさが、服越しにも嫌というほどに伝わってくるのがわかった。瞬間──、

（っ……！）

美春が清楚に微笑む顔が、貴久の脳裏に思い浮かぶ。これまで押さえ込んでいた気まずさや羞恥心に加えて、罪悪感がマグマのように沸き上がってきて──、

「……ね、ねえ、俺やっぱり帰るよ！」

貴久は反転して引き返そうとした。だが、女の子が貴久を放さない。

「駄目よ。来る時に言ったでしょ。代金は私が補填する。だから時間が経つまではここにいて」

「なんでわざわざ君が代金を払ってまで、こんなことをするのさ……？」

「それも言ったでしょ。貴方を逃した罰金の方が高くつくから。売上を自分で補填した方がマシ。若旦那の命令で貴方に営業をかけちゃったのが私の運の尽きね」

「だからって、俺には関係ないし……。というか、俺のこと騙していない？　会計の時に君が代金を支払わないつもりなんじゃ……」

「ああ、そっか。その手もあるわね」

「ほら、やっぱり！」

貴久は慌てて離れようとするが、やはり女の子が放してくれない。

「そのつもりがあるならこんなにあっさり認めないわよ。というか、そんな方法私には思いつかなかったし、貴方って頭いいのね」

女の子は感心して貴久を褒めた。

「………」

貴久はいまだ疑わしそうな眼差しを女の子に向けている。それで――、

「わかった。じゃあ、部屋に入ったらまず先に代金分のお金を貴方に渡す。それでいいでしょ」

と、女の子は溜息をついて提案した。

「……まぁ、それなら……」

いまだ疑わしそうな貴久だが、とりあえずは抵抗する力を弱めて頷いた。女の子はそれを察すると、再び貴久の腕を引く。

「じゃあ、私の部屋に行きましょ」

そうして、二人はいよいよ個室へ移動した。

「どうぞ」

女の子は部屋の鍵を開けて、中の灯りをつけてから貴久を中へと誘う。

「……………」

貴久は部屋に一歩入ったところで立ち尽くして、目の動きだけできょろきょろと室内を見回した。

「そんなにじろじろ観察しないでほしいんだけど……。ここ、私の仕事部屋と住居も兼ねているからさ。なんか変なところでもある？」

女の子は貴久の横顔を覗きながら、少しバツが悪そうに問いかける。

「あ、ごめん。いや、結構広いんだなって……。良い部屋だね」

実際、良い部屋だった。広さは十畳を超えていて、家具を置きすぎなければ一人で住む分には快適な間取りだろう。設置されているのはダブルベッドと衣装棚と風呂桶、そして時間を計る水時計くらいなので、広々としている。

どの家具もしっかりと作られている良い品だし、物が散らかっているわけでもないので清潔感のある空間だった。高級店というのは本当なのだろう。ただ——、

「良い部屋、か……」

女の子の顔に翳りを帯びた自嘲が滲む。

「ん？」

貴久は何かを感じ取ったのか、不思議そうに女の子の顔色を窺った。だが、女の子は顔を背けるようにサッと貴久に背を向けた。

「言ったでしょ、ここ高級店だって。だから私だって高級娼婦なのよ。見習いだけどね」

と、女の子は誇るようなことを言いながら、衣装棚へと歩きだした。中には金庫が置かれているらしく、そこから硬貨を一枚取り出すと——、

「はい」

と、貴久の傍に戻って差し出した。

「え？」

貴久は首を傾げて、鈍色をした硬貨に視線を向ける。

「この店の代金。一時間で大銀貨一枚。部屋に入ったら先に渡すって約束したでしょ」

「あ、ああ……」

貴久はようやく女の子が硬貨を差し出してきた理由を得心した。受け取っていいものかと、少し躊躇いながらも手を伸ばすが――、

「…………」

女の子の手がぶるぶると震えていることに気づいた。

「……どうしたの？」

「この大銀貨一枚はだいたい私の二週間分の給料なの。それを、それを……」

どうやら女の子は貴久に大銀貨を渡すのが惜しいようだ。

「……大銀貨一枚が二週間分の給料って、客一人分の代金なのに？」

一週間に何人の客を相手にするのかはわからないが、一人の客が支払う額と同じ額の収入を得るのに二週間もかかるというのは、だいぶ搾取されていないだろうか？　貴久は言外にそう問いかけた。

「客一人が大銀貨一枚を使っても、私の懐にはその一割も入らないってこと。ここの部屋

代とか、仕事用の衣装代とか、娼館が徴収する手数料とか、諸々の借金の返済とか。理由をつけて色々と差し引かれるのよ……」

「そう、なんだ……」

貴久は気の毒に思ったのか、硬貨を受け取るの躊躇するが――、

「ほら、受け取って」

女の子は自分から貴久の手を掴んで、大銀貨を握らせた。

「……いいの？」

「いいに決まっているでしょ。私が言いだしたことだし、約束は約束だから。その代わりちゃんと時間になるまではこの部屋にいてよね」

女の子は自分にも言い聞かせるように語って、貴久に硬貨を握らせた手を放した。

「……わかった」

どの道行く当てもないのだ。貴久は鈍く頷いた。

「あーあ、私の大銀貨一枚が……」

女の子はやれやれと溜息をつく。そしてベッドの傍にある水時計を使って時間を計り始めてから、再び衣装棚へ向かった。

いったい何を思っているのか、着用していたドレスを脱ぎ始めて――、

「ちょ⁉　な、何⁉」

貴久は慌てて女の子に背中を向けた。

「だってこの服、胸の締め付けが強くて着ていて疲れるんだもん。貴方は客だけどお客様じゃないから、部屋着でいいでしょ」

と、女の子は貴久に向けて説明しながら、服を着替えていく。貴久に見られることなど気にしていないのか、裸体を晒した。

「っ……………」

背後で衣擦れの音が聞こえて、貴久はごくりと唾を呑む。

「見たいなら見れば？」

女の子は裸のまま、くすっと笑って貴久に告げる。

「見ないよ！」

貴久は頑なに背中を向けていた。

「ふーん。まぁ、わかっていたことだけど、貴方って童貞よね」

「なっ⁉」

「せっかくだから、私で捨てる？」

女の子は悪戯っぽく貴久の背中に問いかける。

「っ、ふ、ふざけないでくれっ！」

「でも、一瞬、私で童貞を捨てられるって期待したんじゃない？」

「していない！　そういうことは好きな人とすることだから！」

「ふーん。好きな人がいるって、言っていたもんね」

「…………………」

　貴久はまたしても美春のことを思い出してしまったのか、とても息苦しそうな顔でぎゅっと唇を噛んだ。すると――、

「……変なの。そんなに苦しそうな顔で、好きな人のことを思うなんて」

　女の子が貴久の前に回り込み、身を屈めてそっと顔を覗き込む。

「なっ……！」

　まさか裸？　と、一瞬ギョッとした貴久だったが、女の子は着替えを済ませていた。先ほどまで着用していた妖艶な下着みたいにセクシーなドレスとは打って変わって、ぼろ布みたいに着古されたワンピースを纏っている。生地が傷み、洗っても落ちない汚れが随所に染みこんでいた。

「…………」

　ほっと胸をなで下ろした貴久だったが、女の子の恰好と雰囲気が変わったことで面食ら

ったらしい。目を丸くして着替えた女の子を見つめた。

「あ、みすぼらしい女って思った？　仮にも高級娼婦らしくないって？」

と、女の子は見透かしたように訊く。

「……別に、そんなこと思わないよ」

貴久は嘆息してかぶりを振った。

「そ？　給料で高い私服やアクセサリーを買う子が多いんだけど、部屋の中以外で着ることなんてないもん。見せたい相手もいないし、私はこれで十分なの。それよりお金を貯めて、早くここを出て行きたいし」

この服、ただで貰ったのよ――と、女の子は自分の恰好を見下ろしながら語る。着古したワンピースを気に入っているのか、素で上機嫌に微笑んでいるのがわかった。

（………俺は、こんな場所で何をしているんだろう）

つい二、三時間前まではこの国で最も豪華な場所にいたはずなのに、今はスラム街に隣接した娼館の一室で名前も知らない娼婦の女の子と一緒にいる。なんとも珍妙な事態だった。すると、女の子が貴久の手を引く。

「ねえ、時間が来るまで黙っているつもり？　話し相手になってよ。とりあえずベッドに座りましょ」

女の子は貴久をベッドに座らせて、自分も腰を下ろした。肩が触れあうほどに密着しかけたが――、

「……近いよ」

貴久が横に座り直して、一人分の空間を作った。

「そう？　別にいいけど」

女の子はふふっと笑って、貴久の顔をじっと見つめる。

「……何？」

「貴方、すごくハンサムよね。この辺りだと見かけない顔立ちだけど」

「…………なんだよ、いきなり……」

女の子を警戒しているのかぶっきらぼうに受け応える貴久だったが、容姿を褒められると照れて顔を赤くした。

「別に。事実を言っただけよ。格好良くて、高い服を着て、王子様みたい。だから女の子に不自由しなそう。なのに、ウブで可愛い」

と、女の子は貴久の印象を列挙して、悪戯っぽく微笑む。

「……情けない男に見えているんだろ。からかわないでくれよ」

貴久は傷心中だからか、自虐的に眉をひそめた。

「そんなこと思っていないわ。けど、容姿に恵まれて、高い服を持っていて、何でも持っていそうなのに、そんな貴方でも持っていないものはあるのね」

「……え？」

「自信。全然なさそう」

貴久が持っていないものを、女の子は的確に言い当てた。

「…………」

「ああ、あとはお金も持っていなかったわね。てっきり初めてを捨てたくて娼館街に来たんだと思ったけど、そんなつもりはないみたいだし……。なのに本当になんで娼館街なんかに来たんだか」

女の子は苦笑しながら語って、貴久を見る。

「だから、道に迷ったんだって」

「貴方みたいな恰好をした人が、娼館街でたった一人、道にねえ。いったいどこに行くつもりで迷い込んだんだか」

方向感覚も持ち合わせていないのかしら――と、女の子は貴久の目的を探るように反応を窺った。

「…………」

貴久は視線を逸らし、後ろめたそうに押し黙る。

「なんか、いかにも訳ありって感じね。まあいいんだけど。貴方の好きな子が関係しているのかしら？」

「っ……」

「やっぱり、図星？」

貴久の顔色が曇り、女の子の予想は確信へと変わった。

「……拒絶されたんだ。嫌いだって、はっきり言われた」

見ず知らず相手だから言いやすかったのか、貴久は何が起きたのかを自ら打ち明けた。

「あらまあ……。それは、辛いわね」

女の子はそれだけ言うと、すぐ隣に座り直してそっと貴久を抱きしめる。

「……近いよ」

貴久はゆっくり立ち上がろうとして、女の子から離れようとしたが——、

「嫌なの？」

女の子は抱きしめる力を強めて、貴久に尋ねた。

「……………」

貴久は否定も肯定もしなかった。腰掛けたベッドから立ち上がろうとすることもしなか

った。ただ、それでも見ず知らずの女の子と触れあう気恥ずかしさはあるのか、女の子とは反対側に重心を傾けてそっぽを向く。

「ふふ、素直なところもあるんじゃない。そういえば貴方、名前は？　まだ訊いていなかったわよね」

女の子は貴久の頭を優しく撫でて、名前を訊いた。

「…………貴久」

貴久はぼそりと名前を口にする。

「タカヒサ？　この辺りじゃ聞かない響きだけど、素敵な名前だわ」

「……そうでもないよ」

貴久君――と、美春に名前を呼ばれる声が頭の中でこだましたのか、貴久は女の子に名前を褒められると、苦いものでも口にしたみたいな顔で素っ気なく否定した。

「重傷ねえ。でも、少なくとも私にとっては素敵な名前よ。王子様みたいで」

「……この辺りじゃ聞かない響きなんだろ。なんで王子様なのさ？」

「さあ、どうしてかしらね？」

女の子はくすくすと笑って、いっそう優しく貴久の頭を撫でた。

「…………」

貴久はようやく相手に興味を持ったのか、抱きついてくる女の子の顔をそっと一瞥しようとした。しかし気恥ずかしく思ったのか、すぐにまたそっぽを向いて部屋の隅に視線を固定してしまう。すると――、

「貴方、その子のことが本当に好きなのね」

女の子がやれやれと溜息を漏らして指摘した。

「……なんで？」

「こうやって私が抱きついているのに、少しも手を出そうとしてこないから。私ってそんなに魅力がない？」

「別に、そんなことはないと思うけど……、言っただろ。そういうのは好きな人とすることだって」

つまり、貴久が好きなのは、いま隣で密着している彼女のことではないということだ。好きなのは今この場にはいない第三者であって……。

「ほらね。少し妬けちゃうわ。それに……」

「それに？」

「私が貴方の名前を訊いたんだから、貴方も私の名前を訊くのが男の礼儀じゃない？」

「……そっか。そうだね。ごめん。君の名前は？」

「ジュリアよ」

「……ジュリア。ジュリアか。わかった。忘れないよ」

と、貴久は噛みしめるように言う。

「あら、そんなに軽く宣言しちゃっていいの？　そう言っておきながら娼婦の名前を忘れる男なんて腐るほどいるんだけど」

行為中は情熱的に愛を囁いておきながら、いざ行為が終わった後には「名前、なんだっけ？」と尋ねる客なんてザラにいる。男なんてそんなものでしょう？　と、ジュリアはからかうように尋ねた。

「大丈夫。忘れないよ。女の子の顔と名前を覚えるのは得意なんだ」

「あら、ウブだと思っていたけど、ずいぶんキザなことも言うのね」

正直、時と場所を間違えたらかなり気持ち悪く聞こえる台詞だろうと、ジュリアは意外そうに瞠目して言った。

「はは……。一度、頭が真っ白になっていた時期があってさ。その頃、女の子の名前を完全に忘れていたことがあったんだ。毎日顔を合わせていて、自分にとても親切にしてくれていたのに……。すごく失礼なことをしたと思ったから、もう忘れないようにって、その時に誓ったんだ」

と、貴久は女性の名前を忘れないと決めた理由を語る。ちなみに、名前を忘れた相手とはリリアーナのことだ。貴久がこの世界に召喚されて間もない頃にあった話である。ともあれ、今の話を聞いて――、

「ぷっ、それで生真面目に誓いを守って、そんな臭い台詞を口にしているの？」

ジュリアはおかしそうに噴き出した。

「……いいだろ」

貴久は口を尖らせる。

「そうね。ちなみに、その子が貴方の意中の子？」

ジュリアはそう問いかけて、貴久の横顔を覗きこむ。

「……いや、違うよ」

貴久は顔を背け、罪悪感を滲ませて否定した。返答までにわずかな間があったのは、貴久がリリアーナに対して最後に口にした言葉が脳裏をよぎったからだろう。

――リリィは俺のこと、好きなんだろ？　セントステラ王国のためにも、俺と美春に結ばれて欲しくないから、そんなひどいことを言っていたりするんじゃないか？

リリアーナを泣かせ、美春を激怒させてしまった致命的な発言だ。

（……俺、最低だ。なんであんなことを……）

美春とまた離れ離れになるのが怖くて、また一人になるのが嫌で、口論している内につい感情的になって、つい口を衝いて出た発言だ。

その時のことを思い出し――、

（…………違う。本当にそう思ったわけじゃない。あんなの、俺の本心じゃない）

貴久はとんでもない罪悪感に苛まれ、ほぞを噬んだ。だが、時既に遅い。吐いた唾を呑みこむことはできない。

それに、極限状態で感情的に発した言葉だったからこそ、あの発言は本心だったのではないか？　だって、リリアーナは自分のことが好きなのではないかと、一度でも感じたことがないと言い切れるだろうか？　リリアーナは自分のことが好きだと、薄々と思っていたのではないだろうか？　だとしたら、あの時の自分の発言はやはり本心で――、

「っ……！」

貴久は拒否反応でも出たみたいに、ぶるりと首を横に振った。

「……どうしたの？」

「なんでもないよ……」

「可哀想。震えているじゃない」

ジュリアは子供をあやすように、ぽんぽんと貴久の背中を叩いた。

◇　◇　◇

一方で、時は貴久とジュリアが二階の部屋に入った直後まで遡る。娼館の玄関から建物に入ってくる粗野な男がいた。年頃は三十歳前後といったところだ。

「若旦那、ウス！」

四十歳は優に超えている受付の男が、椅子から機敏に立ち上がって深々とお辞儀した。

「おう。ジュリアが客を連れてやってきたろ？」

若旦那と呼ばれた男は単刀直入に問いを投げかける。

「ええ。良いところの坊ちゃんって感じでしたね」

「その坊ちゃんだが、なんか妙なところはなかったか？」

「妙なところ、ですか。真面目というか、いかにも世間知らずで、お忍びで童貞を捨てに来た感じでしたけど……」

そういう客はそれほど珍しくはない。高級娼館というだけあって、この娼館の顧客にはお忍びの貴族も多く含まれているのだ。

「それだけか？」

「まあ、この国の生まれとは思いにくい容姿をしていたのは妙と言えば妙ですよね。いかにも移民の生まれって感じでしたけど」

「だよなあ」

「……あの坊ちゃんがどうかしたんですかい？」

「いやな。かなり上物の服を着ていたぜ、アレは。若い貴族がお忍びで娼館に来るのは珍しくねえが、護衛や連れの同行者もなしに丸腰で歩く奴は見たことがねえ。だからちと素性が気になってな」

と、若旦那は貴久に関心を寄せる理由を語る。

「……護衛は見えない場所に隠れているんじゃねえですか？」

「そう思って、何人か付近を巡回させている」

「流石、抜け目ねえや」

受付の男は両肩をすくめて若旦那に畏敬の念を示す。

「王都で大きく財を成した移民出身の家系は聞いたことがねえ。だが、移民が有力者の配偶者になって、その息子って可能性もあるな。それか、王都に一時的に来ている家の坊ちゃんってところか？」

「ちなみに、あの坊ちゃんに護衛がいない場合はどうするんですか？」

「特にどうこうするつもりはねえよ。真面目そうに見えてお忍びで娼館に来るようなムッツリさんだ。一度女を知ったら、足繁く通ってくれるはずだ。性癖次第では地下の客にもなるかもしれねえし、上客候補として気持ちよく帰ってもらわねえとな。ただ……」

「……ただ？」

「今後のお付き合いのために、多少の探りは入れておきたいところだ。坊ちゃんの性癖にしろ、素性にしろ、その他諸々にしろ、な」

若旦那は顎の無精髭を撫でながら、含みを持たせたことを言った。

「じゃあ、帰る時にそれとなく探りを入れておきましょう」

と、受付台に座る店番の男が申し出ると――、

「いや、せっかくの上客候補だ。俺も見届けるとしよう」

それだけ金のなる木として貴久に期待しているのだろう。あるいは貴久の素性が不明確なことも関係しているのか、若旦那も乗り気で同席を名乗り出た。

「とりあえず最低でも小一時間は部屋から出てこねえだろ。その間に俺も周囲に護衛がいないか確かめてくる」

若旦那はそう言い残して、いったん娼館を後にしたのだった。

小一時間後。

「そろそろ時間よ」

室内の水時計が規定の時間が経過しそうなことを示した。

「……そっか」

貴久は静かに相槌を打つ。

結局、二人はあの後もベッドに座って、ぽつりぽつりと会話をし続けた。その間、特に深い話をしたわけではない。互いの年齢を打ち明けて同い年であることを確認して、お互いに関する表層的な話や、とりとめのない話をしたくらいだ。

貴久もジュリアも、相手の事情に深く立ち入るような話はしなかったし、掘り下げて訊くこともしなかった。だから、貴久は自分が勇者であることは打ち明けなかったし、ジュリアも自分の身の上などを深く語ることはしなかった。

相手の事情に深入りしてしまえば、人間関係に深みや重みが生じうる。それは時にチャンスとなり、リスクにもなる。わずか一時間程度で別れることが決まっている相手に、リスクを冒して距離を詰めすぎることを恐れたのかもしれない。

　ただ、相手の事情には深入りしていなくとも、抱きついて、抱きつかれて、貴久とジュリアはお互いに人の温もりを感じ続けた。きっと今の貴久にとってはその温もりがとても心地好かったのだろう。出会ってまだ間もない相手なのに妙に話しやすくて、沈黙が苦になることがなかったことも作用したのかもしれない。だからか――、

「……ありがとう。君と話せたおかげで、少しだけ頭が冷静になったよ」

　貴久が薄く口許をほころばせてジュリアに礼を言う。お城で犯した過ちがいまだに尾を引いて沈んではいるのだろうが、少しだけ落ち着きを取り戻したようだ。

「そ？　なら良かったけど……。あーあ、なんで私は自分でお金を払って、貴方を満足させたんだか」

　ジュリアは素っ気なく相槌を打って、ちょっと芝居っぽく溜息を漏らす。照れ隠しで顔を合わせたくないのか、まだ貴久に抱きついたままだ。

「……ごめん」

　貴久は申し訳なさそうに視線を落とす。

「別に、謝ることじゃないんじゃない？」

　ジュリアは貴久の肩にそっと手を当てると、腕を伸ばすことで距離を置いた。その際、彼女がつけている甘い香水の香りがふわりと貴久の鼻腔をくすぐる。

「そう、かな?」

抱きつかれている間はほとんどジュリアのことを見ようとしてなかった貴久だが、香りに吸い寄せられるように彼女へ視線を向けた。

「もともと私が強引に貴方をこの部屋に連れてきたんだし」

「……それは確かに」

貴久はおかしそうに笑みを零して同意する。

「それに……、ありがとう」

ジュリアは少し勝ち気な目を逸らし、唐突に恥じらって礼を言った。

「え、何が……?」

「ここで話だけして帰る人は貴方が初めてだから。この部屋にいて初めて誰かに大切にしてもらえた気がしたの。初めて人と話をした気もした。だからよ。貴方みたいな男の人もいるのね」

と、ジュリアは年相応に、とても可愛らしく微笑む。

「そう、なんだ……?」

ジュリアの笑顔に見惚れたのか、貴久はわずかに目をみはる。

「まあ、あれだけ私が密着して誘っていたのに手を出してこなかったのは、単純に貴方がヘタレだったからかもしれないけど」

「う、うるさいな……。って、アレ誘っていたの？」

貴久は赤面してから、ギョッとして尋ねた。

「まあ『これ、押し倒してくるのかな？』とは思っていたわよね。そうされても文句は言えないくらいひっついていたし？」

「…………」

貴久は絶句して息を呑み込んでしまう。

「あ、惜しいことをしたって思った？」

「お、思っていない！　だから押し倒さなかったんじゃないか」

貴久は顔を赤くしたまま、ムキになって否定した。すると――、

「そうね。貴方は押し倒してこなかった」

ジュリアがふと手を動かして、貴久の頬に触れる。そして至近距離からじっと貴久の顔を覗き込んだ。

「な、何さ？」

「別に。最後に王子様の顔の見納めよ」

「……だから俺は、そんな大した存在じゃないよ」

「あのね。一応は私の客としてこの部屋に来たんだから、自信くらい手に入れて帰りなさい？　しょうがないから、貴方で我慢してあげるって言っているんだけど、わかる？」

ジュリアは貴久の頬を摘まんで、むにっと引っ張った。

「い、痛いって。我慢するって、何をさ？」

「私の王子様。貴方でいいって言っているんだけど」

「っ……」

至近距離からジュリアにジト目で睨まれ、貴久はどきっと身体を震わせる。

「どう？　自信、少しは手に入った？」

ジュリアは慈愛に満ちた目で貴久を見つめた。

「お、俺が王子様って、それ、どういう……？」

貴久がごくりと唾を呑んで尋ねるが――、

「ストップ。もうおしまい」

ジュリアが左の手の人差し指を当てて、貴久の唇を強制的に塞いだ。そして今度は右手の人差し指で部屋の扉を指さし――、

「夢の時間は終わりよ」

と、貴久に告げた。

「…………………」

貴久は反射的に何かを言おうと口を開けた。しかし迷いもあったのか、躊躇したみたいに押し黙ってしまう。まだ別れたくないとでも思ったのだろうか？　最初は嫌々店に連れてこられたはずなのに、今は出て行きたくないと思っている？　この夢をもっと見ていたいと思ってしまった？

「わかっていると思うけど、夢の延長には別料金が発生するわよ。言っておくけど私、そっちの分までは支払わないからね」

ジュリアはやれやれと嘆息して、茶化すように釘を刺す。それで現実に返ったのか、貴久は苦笑してベッドから重い腰を上げた。

「……そう、だね。仕方ない。行こうか」

「ええ……」

頷くジュリアの瞳が少しだけ寂しそうに揺らいでいるようにも見えたのは、気のせいだろうか？　ともあれ、二人は部屋を後にする。通路に出て、階段を下りたところで――、

「おう、戻ったぜ」

ちょうど玄関からロビーに入ってくる男がいた。

「げ、若旦那……」

ジュリアが眉をひそめ、貴久にだけ聞こえるように呟く。

（若旦那ってたしか……）

貴久も建物に入ってきた男に視線を向ける。

「お帰りなさい、若旦那。ちょうどお客さんがお帰りみたいなので」

受付台に座る店番の男は若旦那にぺこりと頭を下げ、階段から下りてきたばかりの貴久とジュリアに視線を向けた。

「おう。俺のことは後回しでいいから、お客様のお相手をしてさしあげろ」

若旦那は肩をすくめてロビーの端に行き、壁に背を預けた。

（あの人が……）

貴久がさりげなく若旦那を盗み見る。ジュリアの話によれば、若旦那と呼ばれる男はこの辺りの娼館街を取り仕切る組織の幹部だという。地球で言うマフィアやヤクザみたいな裏社会の存在なんだろうかと、貴久は緊張した面持ちで息を呑んだ。

「ところでジュリアさん。その恰好は？」

店番の男がジュリアの服装について言及した。娼館では規定の衣装を着用することが義務づけられているのに、ジュリアが異なる服を着ているからだ。ジュリアは普段着として用いているボロいワンピースをまだ着ていた。ただ——、

「ご主人様のお気に入りよ。こういうみすぼらしい恰好の女としてみたかったんだって」

客のリクエストがあれば話は別だ。ジュリアは腕を組んだ貴久の横顔を見上げて、ふふんと悪戯っぽく微笑んだ。

「はぁん」

店番の男は下卑た笑みを浮かべて納得し、「好きですねえ」と言わんばかりの眼差しを貴久に向ける。若旦那も愉快そうに口許を歪めていた。

「はは……」

貴久が目尻に皺を寄せて、居心地が悪そうに笑う。すると──、

「さあ、ご主人様のお帰りよ」

ジュリアが場を仕切った。

「……では会計を。延長もオプションの利用もございませんでしたから、ワンセットの料金ですね。大銀貨一枚です」

（ちっ。初回から盛大にハメを外すような遊び人には見えないが、ジュリアの奴、もっと搾り取れただろうに……）

大銀貨一枚。若旦那は貴久が使った金額を耳にすると、内心で舌打ちした。ジュリアが事前に貴久に説明していた通り、大銀貨一枚というのはこの娼館を利用するための最低料

金だ。羽振りの良い客ならば時間を延長して食事や飲み物を頼んだり、他にも色々と注文を出したりして、この数倍以上のお金を一度に使うこともある。

「どうぞ」

貴久はジュリアから貰った鈍色の貨幣一枚をそのまま受付台に置いた。

「……確かに」

店番の男は若旦那のご機嫌を横目でそっと窺いながら、台上の貨幣を拾い上げる。

「じゃあ……」

と、ジュリアは口を開き、貴久の腕を引いて早々にロビーを去ろうとした。が――、

「どうでしたか、坊ちゃん。うちのジュリアにはご満足いただけましたか？」

若旦那が被せるように開口し、よく通る声で貴久に問いを発する。

「え……？　あ、はい。ええと、彼女にはとても、その、良くしていただきました」

一瞬きょとんとした貴久だったが、たどたどしく回答した。

「そうですか。そいつは何よりです。次回お越しになる際には、特別なご要望があればぜひ遠慮なく仰ってください。当館は料金次第で可能な限りお客様のリクエストにお応えする主義ですので。お望みとあらば、こいつをもっとみすぼらしくさせてやることだってできますよ？」

若旦那は貴久の反応を探るように、品のない笑みを浮かべて語りかける。

「なっ…………」

あまりにも自分の感性や常識からかけ離れた発言を耳にしたからか、貴久は絶句してしまう。すると――、

「では、店の外までご主人様をお送りしてきます」

ジュリアが小さく嘆息して、助け船を出すように話を終わらせた。そのままぐいっと貴久の腕を引く。

「え、ああ、うん。そうだね。行こうか……」

貴久はハッと我に返り、ジュリアの誘いに乗った。

「……またのご来店を心よりお待ちしております」

若旦那は営業スマイルを崩さず貴久を見送るが――、

（ちっ、ジュリアのやつ……）

話を中断されたことに腹を立てたのか、玄関に向かって歩いていくジュリアの背中を冷ややかに睨む。とはいえ、呼び止めるわけにもいかず、ジュリアは貴久と共に娼館の外に出ていってしまう。外は日がすっかり傾いていて、完全に夕暮れ時になっていた。

「じゃあ、いよいよお別れね」

　ジュリアは娼館の外に出たところで、貴久の腕を解放して見送りの言葉を告げる。

「そう、だね。お別れだ……」

　貴久は名残惜しそうに首を縦に振る。そのまま背中を向けるか、躊躇っていると——、

「……ねえ、タカヒサ」

　ジュリアが何か決心したような顔で、貴久の両手を握った。

「え……？」

　貴久はどきっと身体を震わせる。

「貴方、言ったわよね？　そういうことは、好きな人とすることだって」

「……ああ、うん」

　いつの話をしているのか一瞬わからず小首を傾げた貴久だったが、何の話かすぐに思いだしたらしい。ジュリアが貴久を誘惑して、貴久が誘いを撥ねのけた時の発言を指しているのだろう。

「あのね、私だって一緒よ。私、そんなに安い女じゃないの。だから本当は好きな人か、少なくとも良いなって思った人とだけそういうことをしたい。仕事じゃなければ、自分から誘うようなことなんて絶対にしない」

　と、ジュリアはどういうわけか自分の貞操観念について打ち明ける。

「……うん。そうだね。わかるよ」

唐突なカミングアウトに目を丸くした貴久だったが、価値観が一致していたことを喜んだのか嬉しそうに微笑んで頷いた。が――、

「……その反応だとわかっていないわね」

ジュリアは呆れを滲ませて嘆息する。

「ん、何が？」

「私、貴方のことを誘惑したわよね？　わざわざ自腹を切ってまで貴方を部屋に招いた状態で。それがどういう意味かわかる？」

と、ジュリアは上目遣いで貴久に問いかけた。

「え？　あ……」

「貴方のこと、ちょっと良いなって思ったってこと。わかった？」

ジュリアは貴久の耳許に顔を近づけ、そっと囁いた。

「っ……」

貴久は顔を赤くして俯き、硬直してしまう。ジュリアはそんな貴久の両肩を掴み、無理やり振り向かせると――、

「はい。じゃあ、もう行って。こんな場所に二度と来ちゃ駄目よ。まっすぐ進んでいけば

娼館街を出られるから」

ぽんと背中を押して、貴久を進ませた。

「ちょ、ちょっと……」

貴久はすぐに反転して、振り返るが――、

「ばいばい」

ジュリアは少しだけ寂しそうに微笑み、だが有無を言わせぬように手を振って、別れの意思表示をした。一方で――、

「…………うん。じゃあ、また」

貴久はたっぷり時間をかけて頷き、まるで次も会う機会があるかのような別れの言葉を口にする。

「……ええ、またね」

ジュリアは目を丸くし、口許をほころばせて嬉しそうに返事をした。そうして、貴久はいよいよ娼館を後にする。十メートルも歩かないうちに後ろを振り向きたい衝動に駆られるが、貴久がこれ以上留まろうとしてもジュリアに迷惑をかけるだけだろう。

（どうするかな……）

貴久は前を向いて、これからのことを考えることにした。ジュリアのおかげで、城を出

た直後よりもだいぶ落ち着きは取り戻せている。だが、だからこそ――、

（城には戻りたくない。けど……）

現実的に考えて、城に帰る以外の選択肢がないことも直視してしまう。何しろ先立つものがまったくない。このままでは今日の寝床を確保するどころか、食事や飲み物の確保すらままならない。

しかし、かといってこのままガルアーク王国城に帰ろうという気にはなれない。城を抜け出したことで大目玉を食らって罵られる未来が透けて見える。それでセントステラ王国へ強制送還させられたらと思うと、一気に陰鬱な気分になった。

（俺はただ……）

ただ、どうしたいのだろうか？　自分は何をどうすれば満たされるのだろうか？

と、貴久は自問自答する。

そうして、真っ先に思い浮かんだのは――、

（……美春が、美春に……）

やはり美春だった。美春が傍にいないことで、満たされない心の空白がある。だからこそ、美春に拒絶されたことで――、

「っ……」

貴久は歯を食いしばって、今にも泣きそうなほどに顔をしかめた。

救いが欲しい。心の空白を埋めてくれるような救いが……。それで美春の次に心に思い浮かんだのは、ついさっき別れたばかりのジュリアだった。

不思議だ。今日出会ったばかりなのに、ちゃんと話をしたのはほんの一時間くらいのことなのに、ジュリアを求めている自分がいることに貴久は気づいた。

（……最後に一度だけ）

そう、一度くらいなら、振り返ってもいいだろうか？　最後に彼女の顔を見れば、自分はもう少しだけ頑張れる気がする。

そう思って貴久が振り返ってみると——、

「え……？」

若旦那がジュリアの髪を掴んでいて、娼館の脇にある路地裏へ連れ込んでいく姿が視界に映る。貴久は自分の目を疑って、たっぷり硬直してしまった。

時はほんのわずかに遡る。

娼館の外で貴久とジュリアが別れを交わす一方で、若旦那は娼館の玄関からそんな二人を密かに観察していた。

二人が何を喋っているのかはよく聞こえないが、二人の表情から仲睦まじく話をしているのがわかる。ジュリアがしっかりと貴久の心を掴んだことも窺えた。

（ジュリアの奴。しっかりあの坊ちゃんを惚れさせているんじゃねえか。なのにあの馬鹿女が……）

何が気にくわないのか、若旦那は顰めっ面で舌打ちする。若旦那のご機嫌斜めっぷりは背中からもひしひしと滲み出ていて――、

「……おっかねえ」

館内の受付台に座る店番の男が、ぶるりと身体を震わせた。そうしている間に貴久はジュリアとの別れを済ませ、娼館街を立ち去ろうとしている。

「………………」

ジュリアは貴久の背中を、何も言わずに名残惜しそうに見つめていた。若旦那はそんなジュリアの横顔を鋭い目つきで睨んでいたが――、

（あの女、もしかして……）

何を感じ取ったのか、わずかに目をみはる。

（ふん、ちょうどいい。パフォーマンスも兼ねて、ジュリアを教育してやるか）

若旦那は口許を愉快そうにほころばせ、娼館の外に出る。そしてそのまま何も言わずにジュリアに近づくと、彼女の髪を鷲掴みにして乱暴に引っ張った。

「えっ……？」

ジュリアの目が点になる。最初は急に視界がぐらついて、何が起きたのかわからなかった。遅れて痛みがやってきて、髪が引っ張られていることに気づくと――、

「ちょ、い、痛い！　痛いわよ！　何するのよ⁉」

ジュリアが鋭い目つきで若旦那に抗議する。

「何じゃねえよ。お仕置きだ。この馬鹿女が。おら来い。ここだとお客様が通るかもしれねえからな」

若旦那はジュリアの髪を掴んだまま、娼館の脇にある袋小路に向かおうと歩きだす。離れた場所ではちょうど貴久が振り返ったところだった。若旦那に髪を掴まれているジュリアの姿を目撃し、目が点になっている。瞬間――、

「あ……」

ジュリアと貴久の視線が重なった。今の状況を貴久に見られていることに気づくと、ジュリアは青ざめた顔で視線を逸らしてしまう。

「ふん」

若旦那はニヤッとほくそ笑む。娼館脇の袋小路に入り込んだところで、若旦那はジュリアの髪を放して勢いよく地面に放った。

「きゃ……！　っう……」

ジュリアが地面に倒れて転がる。すぐに地面に手を突いて立ち上がろうとするが、若旦那が近づいてきてまたしてもジュリアの髪を鷲掴みにした。

「おう、ジュリア。テメエ、随分とあの坊ちゃんを惚れさせたみたいじゃねえか」

若旦那がしゃがみ、ジュリアに凄む。ジュリアはキッと若旦那を睨み返した。

「な、なによ？　だったら何も文句はないでしょ⁉」

「大ありだ。お前な。世間知らずでウブな坊ちゃんを惚れさせておいて、なんだ、大銀貨一枚って？　もっと金を引っ張れただろうが」

「せ、世間知らずだから、お金の使い方も知らなかったのよ」

「ちげえよ。世間知らずだから金の使い方を教えてやるんだ。それがお前の仕事だ。大銀貨一枚じゃ碌な儲けにならねえんだぞ。この馬鹿女が」

「は、はぁ？　大銀貨一枚は私が二週間休まず働いて得られる稼ぎなのよ。十分な大金じゃない！」

ジュリアは感情的に反論するが――、

「あ？　テメエの稼ぎが悪いのはテメエの親が残した借金があるからだろうが。お前を高級娼婦として教育するのにも、いくら金がかかったと思っている？　それを回収して何が悪い？　手取りがあるだけ感謝するのが筋だろう？　娼館のために、身を粉にして客から金を搾り取るのがお前の仕事じゃないのか？　ええ、おい？」

若旦那は矢継ぎ早にジュリアを責め立て、髪を引っ張る力を強めていく。

「い、痛い。放して、放してよ……」

ジュリアは身じろぎして顔を背ける。怯えているのか、当初の勢いが殺がれていることが窺えた。

「おい、こっち見ろ！」

「っ……」

「お前、俺があの坊ちゃんに探りを入れようとしたの邪魔したろ？」

若旦那はジュリアの髪を引っ張って強引に目線を合わせると、嘲笑して問いかけた。

「は、はぁ、何のこと？」

「目が泳いでいるんだよ。俺が気づいていないとでも思ったか？　お前、俺があの坊ちゃんと喋るのを嫌って、早々に娼館から連れ出そうとしたろ？」

「な、なんで私がそんなことする必要があるのよ」

ジュリアの声が上ずる。

「その理由を訊いているんだ。俺が思うに、お前があの坊ちゃんから金を搾り取ろうとしなかった理由とも絡むんじゃないのか？　ええ？　随分とご執心だな？」

若旦那は嘲笑を強め、見透かしたように尋ねた。

「だ、だから、何のことよ!?　意味がわからない！」

「まさか貴族の坊ちゃんに惚れたか？　それとも、あの世間知らずでウブな坊ちゃんなら自分を身請けしてくれるかもって、期待して手心を加えたか？　どっちだよ、おい？」

「…………」

ジュリアは萎縮して俯いてしまう。ただ——、

「このボロ服は坊ちゃんの同情を買うために着たんだよな？　みすぼらしいところを見せておけば、身請けしてもらえる可能性が上がるって魂胆か？」

「っ、違う！」

若旦那の邪推に耐えられなかったのか、ジュリアは顔を上げて否定した。すると、その時のことだ。

「ちょ、ちょっと何をしているんですか!?　若旦那さん、止めてください！」

貴久が袋小路に入ってきて、ジュリアの髪を掴む若旦那の背中に声をかけた。

「おや、これは坊ちゃん」

若旦那は満足げに口角をつり上げると、ジュリアの髪を放して立ち上がった。そして貴久を歓迎(かんげい)するように両腕(りょううで)を広げる。

「タ、タカヒサ……。なんで来たのよ」

来るべきじゃなかったと、ジュリアの表情が物語っていた。

「ほう、坊ちゃん。タカヒサっていうんですか。珍しいお名前ですねえ」

「……何をしているんですか？　ジュリアの悲鳴が聞こえましたけど」

「なあに。娼館の経営者としてこいつにちょいと躾(しつけ)をね」

若旦那はそう言って、ジュリアの髪を再び鷲掴みにした。そして貴久に見せつけるように持ち上げる。

「あうっ……」「止めてください！」

ジュリアが痛そうに顔を歪めると、貴久が血相を変えて叫(さけ)んだ。

「止める？　なんで？」

若旦那はジュリアの髪を掴んだまま、不思議そうに首を傾げる。

「な、なんでって……。ジュリアが痛がっているじゃないですか！」

「そりゃあ痛くなかったら躾にならない。反抗的な態度をとったコイツが悪いんですよ。だから立場をわからせてやっているんだ」

坊ちゃんに咎められる理由はありませんよ？　と、若旦那は冷笑して開き直った。

「い、いくら雇用主だからって……。そんなことをしていいはずが！　犯罪じゃないか！　暴力なんかに訴えないで、言葉で伝えればいい！」

「………ぷっ、くっ、はははははっ！　犯罪？　言葉で伝えればいい？」

若旦那は貴久の主張を耳にし、堰を切ったように哄笑する。

「な、何を笑っているんですか……？」

「失礼。坊ちゃんがあまりにも的外れなことを言うもんですから……。いいですか、坊ちゃん。この女は奴隷なんですよ。この首輪が奴隷の証です。知りませんか？」

「は……？」

ジュリアが奴隷だと言われ、貴久の目が点になる。

「この女は親が残した莫大な借金を抱えて奴隷になった。で、この女の所有権はうちの娼館にある。主人といえども奴隷にしてはいけない行いはありますが、これくらいの躾は問題ありませんよ。だからなんで犯罪なんて話になるのか理解ができない」

若旦那はそう言いながら、ジュリアの髪を乱暴に放した。

「っ……」

ジュリアがどさりと地面に倒れ――、

「止めろ！」

貴久が激昂して叫んだ。

「おお、怖い怖い。おい、ジュリア。テメエのせいで俺が坊ちゃんに怒られちゃったじゃねえか。ええ、こら」

若旦那はこれ見よがしに、倒れるジュリアを足蹴にする。

「うっ……」

「だから止めろと……！」

貴久は感情任せに歩きだし、若旦那に向かって突き進むが――、

「おっと、おっかねえ。その表情はちと洒落になっていませんぜ？」

若旦那は腰の鞘に差していた護身用のダガーを抜いて、その切っ先を貴久に向けて威嚇した。

「っ………」

貴久は刃物に怯んだのか、息を呑んで立ち止まる。それで若旦那もすぐにダガーを鞘に収め直した。

「なぁ、坊ちゃん。初めて抱いた女に熱を入れるのはまあ理解できるが、娼婦は坊ちゃんのものじゃないんですぜ？」

「そんなの、わかっていますよ！　当たり前です！」

「わかっていないからそんなに熱くなっているんじゃないですか？」

「違う。俺はただ、ジュリアに暴力を振るうのを止めろと……！」

「だからそれを坊ちゃんに指図される謂れはないと言っているんです。こいつはうちの娼館に所属する奴隷なんですから。ちゃんと法の定めは守っているんですよ？　こいつがちゃんと仕事をしていれば、別に意味もなく痛めつけることもしませんし」

若旦那はそう言いながら、ジュリアを踏みつける脚の力をわずかに強めた。

「っ……！」

貴久はよほど怒っているのか、全身を震わせて鋭い剣幕になる。

「やれやれ、そこまでジュリアにご執心というわけですか」

若旦那はわざとらしく溜息をつき、ジュリアからも足をどけた。そして――、

「なら、どうです？　坊ちゃんがこいつの主人になりますか？」

と、貴久に尋ねた。

「…………は？」

質問の意図が理解できなかったのか、貴久が疑問符を浮かべる。

「こいつを身請けするかって話です。金貨三百枚でお譲りしますよ」

若旦那はいきなりジュリアを値付けし、貴久に売買を持ちかけた。

「金貨、三百枚……？」

貴族でもそう簡単に支払おうとはしない額だが、貴久はさほど驚きはしなかった。身請けの相場がわかっていないのもあるが、そもそも金貨三百枚が実際にどのくらいの価値なのかもわかっていないからだろう。漠然と大金くらいにしか思っていない。だからこそ、若旦那から見ればこれは押せば売れるのではないかというふうに見えた。

「だ、駄目よ、タカヒサ。もう私のことはいいから、早く帰って……！」

ジュリアが慌てて商談を阻止しようとするが――、

「黙れ、物が勝手に喋っているんじゃねえよ。俺と坊ちゃんが話しているんだ」

若旦那は再びジュリアを踏みつけた。

「痛っ……」

「止めろ！」

貴久が再び激情に駆られて怒鳴る。

「だったら坊ちゃんがこいつの主人になることです。そうしたらこいつは坊ちゃんだけの物になる。坊ちゃん以外に手出しもできなくなる」

「っ、人は物じゃない！」

「人はね。だが、奴隷は人じゃない」

「っ……!?」

若旦那の発言に、貴久は絶句した。

「綺麗事を仰いますがね。坊ちゃんだって金を出して娼婦であるこいつを買ったわけでしょ？　それこそ食欲を満たすためにパンを買うみたいに。そこに何の違いがあるっていうんです？」

性欲を満たすために娼婦を買うことだけがどうして許されないのかと、若旦那は心底不思議そうに質問する。

「ち、違う……。そんなの全然違う。話にならない。そもそも、俺はっ……！」

ジュリアを買ったわけじゃない。ジュリアに頼まれたから、仕方がなく部屋までついていっただけだ。お金を払ったのだってジュリアだ――という言葉が喉元まで出かかったようだが、貴久は口を噤んでしまう。それを口にした時にジュリアがどういう罰を受けるのか想像したのだろう。すると――、

「なあ、坊ちゃん。自分に正直になりましょうや。生真面目に振る舞っているが、お忍び

で娼館に遊びに来るくらいだ。身の回りには言えない欲望を色々と溜め込んでいるんでしょう？　坊ちゃんが素直になって色々と欲求ぶちまけてくれたら、こっちはきっちりそれに応える用意がありますよ？」

若旦那が貴久にすり寄って肩を組み、甘美な言葉を耳許で囁いた。

「そんなもの、ありませんよっ！」

貴久は反射的に若旦那の腕を振り払おうとする。だが、若旦那は大柄な身体と筋肉質な腕でがっしりと貴久の肩を抱え込み続ける。

「ここだけの話。坊ちゃんみたいなお忍びの金持ちをお世話する機会はちょくちょくあるんです。なにせ娼館街一帯を広く取り仕切っているのはうちの組織だ。俺に任せておけば、娼館街でできない遊びはありません。もちろん頂く物は頂きますがね。なんならこの女を使って遊んだっていい」

若旦那はそう言いながら、地面に転がるジュリアの前まで貴久を連れていく。

「俺はそんなことしません！　ジュリアは人だ、物じゃない！」

貴久は顔をしかめて、頑なに拒否し続ける。

「ねえ、坊ちゃん。娼館遊びをするなら娼婦の言葉なんか信じちゃ駄目だ。こいつらの仕事は男に夢を見させることですからね。そのためなら心にも思っていない嘘を平気でつきますし、甘い言葉を誰にでも平然と言う。今日こいつが坊ちゃんに何を言ったかは知りませんが、本心じゃありませんよ？」

こんな女を信じるなと、若旦那は貴久の肩を抱いたまま溜息交じりに忠告した。

「っ、嘘だ！」

貴久は怒りで身体を震わせて反駁する。

「嘘じゃありません。これは坊ちゃんのためを思っての助言だ。今日こいつが囁いた甘い言葉はすべて坊ちゃんに気に入られるための嘘です。今後も坊ちゃんに娼館へ遊びに来てもらって、あわよくば坊ちゃんに身請けしてもらおうと目論んでいた」

「違う。そんなこと、絶対にない！」

「随分とジュリアに入れ込んでくれているようですね。それだけこいつが娼婦として優秀だということなんでしょうが……。そこまで仰るのなら、金貨三百枚でこいつを身請けしてもらえると思っていいんですかね？」

と、若旦那は唐突に話を戻して問いかけた。

「えっ……？」

面食らって戸惑う貴久をよそに――、

「おい、ジュリア。顔を上げろ。お前からも愛しのタカヒサ坊ちゃんに向かって頼んでみろよ。坊ちゃん好みにみすぼらしく、身請けしてくださいって。もしかしたらお前、今日で娼婦を卒業できるぞ?」

若旦那はニヤリと笑って、ジュリアに発言を促した。

「っ……」

ジュリアは怯えたようにびくりと身体を震わせる。恐る恐る顔を上げて、貴久と目線が重なると——、

「あ……う……」

何かを言おうと口を開きかけたが、口を塞いでしまった。

「ははは、こいつビビっていますよ、坊ちゃん。下手な頼み方をすると身請けしてもらえないかもしれませんからね。どうです、そそりませんか?

みすぼらしい女がお好きなんでしょう? と、若旦那は愉快そうに嘲笑して尋ねる。

「っ、黙れ!」

貴久は力任せに暴れて、若旦那の腕を振りほどいた。その拍子に若旦那を軽く突き飛ばしてしまう。

「ちっ、痛ってえなあ……。下手に売り込んでやっていれば面倒くせえ」

若旦那は顔をしかめて舌打ちし、不機嫌さを滲ませた。

「っ……………」

貴久は怯んだのか、軽く後ずさりする。若旦那はそのことを見抜いたのか、ふんと鼻を鳴らした。

「あーあ、おい、ジュリア。お前に金貨三百枚の価値があると、坊ちゃんは思っていないみたいだぞ」

若旦那は実に芝居っぽい物言いで、ジュリアに語りかける。

「………」

ジュリアはすっかり打ちのめされたようで、弱々しく俯いていた。

「そ、そんなことない！　ただ、今は持ち合わせがないだけで！」

「別に今この場で支払えと言っているわけじゃないんですがね。金を取ってきて支払ってもらってもいいんですよ？」

「そ、それは……」

と、気まずそうに押し黙ってしまう貴久。今この場でなくとも、そもそも貴久は金貨三百枚なんて持っていない。リリアーナにお願いすれば出してくれるかもしれないが、今さらどの面下げて頼めばいいというのか？　そもそも払ってくれるだろうか？

「ま、当然ですわな。俺だってこんな女を金貨三百枚で買おうとは思わねえし、初めて娼館へ遊びに来て女を身請けする酔狂な男も見たことがねえ。ま、ジュリアのことが気に入ったんなら、また遊びに来てくださいや。ほら、立てよ、ジュリア」

若旦那は貴久に買う気がないと判断したのか、急に素っ気ない態度になった。地面に手を突いて立ち上がろうとしないジュリアを掴んで、力任せに立たせる。

「…………」

ジュリアは立ち上がっても、貴久のことを見ようとはしなかった。辛い現実を直視したくないみたいに、じっと下を向いている。

「おい、ジュリア。これでお前もよくわかったよな。身請けなんてそうそうねえ。お前を助けてくれる王子様なんてどこにもいないんだ。夢なんて男に見させても、自分で見るもんじゃねえぞ」

若旦那は貴久に見せつけるみたいに馴れ馴れしくジュリアを抱き寄せて、励ますような声色で親しげに語りかけた。そのまま袋小路から出て行こうと歩きだす。

「あ……」

貴久は弱々しくジュリアに手を伸ばそうとする。これでいいのだろうか？　このままジュリアを見捨ててもいいのだろうか？　もしこのまま行かせたらジュリアはどうなる？

そう思っていると――、

「どれ、坊ちゃんの代わりに今夜は俺が慰めてやろうか。ちゃんと大銀貨一枚も払ってやるよ。それがお前の正しい価値だからな」

若旦那が落ち込むジュリアの心に追い打ちをかけるように、さらに貶めるようなことを言った。それで――、

「っ……！」

貴久は頭に血が上ったのか、力強い足取りで衝動的に歩きだした。背後から若旦那に近づいて突き飛ばすように押しのけると、ジュリアを引っぺがして抱き寄せる。

「うおっ⁉」

若旦那は前のめりに転びかけ、たたらを踏んだ。

「タ、タカヒサ……？」

ジュリアが呆け顔で貴久の顔を見上げる。

「ふぅー、ふぅー」

貴久はよほど興奮しているのか、荒く呼吸をしていた。

「おい、今のはマジで痛かったぞ。洒落にならねえだろ」

若旦那も今のですっかり逆上したのか、腰の鞘から勢いよくダガーを抜き放つ。今度は威嚇ではなく、今にも襲いかからんとばかりに貴久を睨みつけた。

「…………」

貴久はわずかに怯んだが、それも一瞬のことで、ジュリアを後ろに遠ざけた。そして若旦那と真っ向から向き合って対峙する。

「護衛も連れず、丸腰で一人のこのこと娼館遊びに来た世間知らずの馬鹿がっ。自分は貴族だから殺されないとでも思ったか？　お前がこの場で消えても、誰も気づかねえぞ、おい？」

若旦那はそうやって啖呵を切りながら、大足でずかずかと貴久に近づいた。

「……止めてください。争いたいわけじゃない！」

貴久は若旦那を睨み返し、制止させようと言葉を投げかけるが――、

「先に争いをふっかけてきたのはてめえだろうが！」

若旦那は貴久の腹部めがけて、思い切りよくフロントキックを放った。

「っ⁉」

貴久は大きく横に動いて蹴りを避けた。それで若旦那は貴久を追う。

「ま、待って！　待ってください！　若旦那！」

このままではまずいと、ジュリアが慌てて若旦那を止めようと肩を掴むが――、

「うるせえ！」

もう焼け石に水だ。若旦那は大きく腕を振り払って、ジュリアを振り飛ばした。

「痛っ⁉」

ジュリアは後ろ向きに倒れて尻餅をついた。すぐに立ち上がろうとしたが、倒れた拍子に右の手首を捻ったのか痛そうにしている。

「っ、ジュリア！」

貴久の瞳に怒りの炎が燃えさかった。ぐっと拳を握りしめ、感情のまま闘争に身を委ねようとする。しかし、荒事に慣れていないからか、あるいは暴力への強い忌避感がそうさせているのか、迷いが見受けられた。一方で――、

「おら、どうした⁉」

若旦那は日常的に荒事を経験しているのか、人に暴力を振るうことに一切の抵抗がなかった。だから、動きに迷いがない。ダガーを振るい、拳を振るい、蹴りを放ち、実に喧嘩慣れしていることが窺える。

ただ、貴久にもアドバンテージはあった。神装で身体能力を強化していることだ。素早く動き回って必死に若旦那の攻撃を避けていた。とはいえ――、

「おい、糞ガキが！　避けているだけかよ！」

「はぁ、はぁ……」

勇者の威光も身分も一切が通用しない世界で、貴久は初めて命がけの闘争を経験していた。だからか、身体強化までしているのに、貴久の吐息は瞬く間に荒くなっていく。それで貴久は次第に狭い袋小路の行き止まり側に押し込まれていった。そして——、

「うっ⁉」

碌に整地されていない路地裏の出っ張りにかかとがぶつかり、貴久は後ろ向きに倒れそうになった。姿勢が崩れ、大きな隙を晒してしまう。

「はっ！」

若旦那はほくそ笑み、ここぞとばかりに貴久に突進した。これ見よがしにと、右手に握ったダガーを構える。瞬間——、

（死ぬ？）

という言葉が、貴久の脳裏をよぎった。貴久の顔から血の気が引く。遅れて恐怖の色が強く浮かび上がると——、

（っ、嫌だ！）

死にたくないという本能が、貴久の身体を突き動かした。若旦那の接近を阻止しようとしたのか、剣を構えるように両手を前に押し出す。

と、同時に、貴久の手に光が密集していき、わずかに赤みを帯びた刀身の神々しい剣へ

と姿を変えていく。それは勇者である貴久の神装だった。

この時、貴久と若旦那の距離は二メートルもなかった。若旦那から見れば、眼前にいきなり剣の切っ先が現れたわけで、質の悪い致死性の罠も同然だった。

「なっ⁉」

若旦那は目を丸くするが、気づいた時点ではもう遅い。前に進む身体を止めることは叶わず、貴久が突き出した剣の切っ先へと自ら突っ込んだ。結果、貴久の両腕にどすりと、鈍い重みが伝わっていき――、

「あ……」

貴久は強く怯み、押し潰されたような声を漏らした。

「……あぁ？」

若旦那は足を止め、自分の胴体を見下ろしていた。貴久が両手で握る神装の剣が、若旦那の胸元を無慈悲にも貫いている。ちょうど心臓のある位置だった。

「っ……」

貴久は恐怖で顔を引きつらせ、剣を握ったまま反射的に後ろに下がった。当然、刀身が若旦那の体内でスライドしていき――、

「ぐふっ……」

と、若旦那は苦しそうな声を漏らす。

「あっ」

追い打ちをかけたことに気づき、今度は反射的に立ち止まる貴久。だが、傷口から漏れる血液が刀身を伝い、地面へと落下していた。

「あ、あ……」

貴久は剣を握ったまま、ぶるぶると身体を震わせている。

「て、めぇ……」

若旦那は恨み殺さんばかりに貴久を睨んでいた。

「…………」

ジュリアは驚きで腰を抜かしたのか、呆然と尻餅をつき続けている。

ぴちゃり、ぴちゃり。

血が滴る音が止まらない。

袋小路の路地裏に、赤い血溜まりができはじめていた。

「あ、ぁ、ぁ……」

貴久はなんとか殺害を回避できないかと思っているのか、神装を握る自分の手と、地面の赤い血溜まりと、若旦那の胸元を何度も見比べている。しかし……。

「だ、駄目だ……」

　そう、駄目だ。絶対に駄目だ。

　人殺しだけは、絶対に……。

　駄目なのに……。

「ご、ごふっ……」

　もう、手遅れだ。若旦那が大量に吐血する。だいぶ朦朧とした瞳で、貴久に怨嗟の念を向けていた。

「ひっ……」

　目線が重なり、貴久が上ずった悲鳴を漏らす。と、同時に、貴久は死にかけの若旦那から逃げるように身体を引いた。

　今度こそ、貴久の剣が若旦那の身体から抜けて――、

「うぁ……」

　若旦那はどさりと音を立てて、地面に倒れた。傷口から大量の血が溢れ、足下の血溜まりがみるみる体積を増していく。

「…………」

　若旦那は物言わぬ死体となった。嘘だろうと疑いたくなるくらい簡単に、あっけなく、

死んでしまった。やがて、貴久の手から神装の剣が消える。

こうして、千堂貴久は生まれて初めて人を殺した。

かつてリオを人殺しだと罵った貴久が……。リオに関する記憶を失った後も、殺人に対して人一倍の忌避感を示していた貴久が……。

人を、殺した。

「あ、あぁ………」

貴久は完全に動かなくなった若旦那の亡骸を、慄然と見下ろしていた。

そんな中で――、

「っ……、タカヒサっ！」

最初に我に返ったのは、ジュリアだった。捻挫した右手の痛みを堪えて立ち上がると、慌てて貴久に駆け寄ってその手を掴む。

「え……？」

貴久の顔は死体みたいに青ざめているのに、怯えてくしゃくしゃに歪んでいた。ジュリアに手を掴まれても、生返事をするだけだ。

「こっち！　来て！」

ジュリアは貴久の手を引っ張り、駆けだして袋小路を立ち去ろうとする。いったん路地

に顔を出して、目撃者がいないことを確認すると――、

「っ……！　ちょっと待っていて。すぐに戻るから！」

激しく葛藤した末に、どういうわけか慌てて娼館に駆け込んでいった。直後、唐突に強い雨が降り出す。

「…………」

貴久は殺人のショックが抜けきらないのか、雨に濡れるのも気にせず呆然と立ち尽くしていた。すると一分もしないうちに、娼館からジュリアが飛び出してくる。

「行こう、逃げなきゃ！」

ジュリアは貴久の手を掴むと、脱兎のごとく娼館街の路地裏を駆け出す。それと、ほぼ同時に――、

「お、おい！　ジュリア！　お前、何をそんなに慌てている⁉　若旦那はどこに行ったんだ⁉　……あ？　例の坊ちゃん？」

店番の男が娼館の玄関から出てきて、ジュリアに手を握られて走りさっていく貴久の背中を目撃したのだった。

第四章 ❖ 探求

数時間後のことだ。

夜の帳が完全に下りて、娼館街が本格的に始動した頃。

貴久が若旦那を殺害した娼館脇の袋小路に、物々しい雰囲気をしたゴロツキ風の男達が集結していた。その数は二十人を超えている。

現場にはまだ若旦那の死体が横たわっていた。雨はまだざあざあと降っていて、若旦那の身体から溢れて出来た血溜まりが洗い流されている。

袋小路にいる二十人以上の男達は皆、雨に濡れるのも厭わず、若旦那の亡骸を見下ろして怒りや悲しみを顕わにしていた。そして、皆で一人の男を囲んでいる。

囲まれているのは、ジュリアが勤める娼館で働く店番の男だった。若旦那の亡骸を最初に発見したのが、他ならぬこの店番の男だ。若旦那が死亡してから数十分が経過した段階でようやく若旦那の死体を発見し、慌てて然るべき上役に報告を行った。それで今この場にいる男達が集結したわけだが……。

店番の男は顔面蒼白で全身をぶるぶると震わせ、土下座するような姿勢で地面に蹲っていた。すぐ前に四十代半ばくらいの男性が鬼のような形相で立っていて、店番の男から報告を受けていた。店番の男が把握している限りの事実を聞き終えると――、

「んで……」

四十代半ばくらいの男性が、重い口を開いた。瞬間、気温が一気に下がったみたいに、その場にいる者達がぶるりと身体を震わせる。

「つまりだ。サミーがジュリアを教育しに外に出た後も、お前は店番の仕事を継続していた。するとジュリアが一人で店に駆け込んできて二階に上がった。かと思えばジュリアはすぐにまた階段を下りてきて、店を飛び出した、と」

サミーというのが若旦那の名前なのだろう。四十代半ばくらいの男性は、店番の男から報告された事実を自ら要約した。

「は、はい、ノーマンさん！」

店番の男はがくがくと激しく何度も頷く。どうやら四十代半ばくらいの男性の名前はノーマンというらしい。

「不思議に思ったお前は遅れて玄関を出て、ジュリアに声をかけようとした。すると仕立ての良い服を着た貴族みたいな移民のガキと一緒に、ジュリアが走り去っていく背中を目

撃した。そのガキは直前までジュリアの客として娼館に来ていた坊ちゃんだった。そういうことか？」

「その通りです！」

「ふーん。そうか。まあ、顔を上げろよ」

ノーマンは感情を押し殺したような声で、淡々と店番の男に命じた。

「は、はぃ……っぁ⁉」

店番の男は恐縮しながら頭を上げようとする。と、ノーマンが履いた靴のつま先が口めがけて迫ってくるのが見えた。直後、店番の男の歯と血が飛び散る。男は正座に近い姿勢から勢いよくノックバックして、背中から地面に倒れてしまう。

「ぁ～⁉　ぁっ～⁉」

店番の男は口を押さえ、雨で濡れた地面の上を激しく転げ回った。口からはどばどばと血を流している。

「お前、舐めてんのか？　ジュリアが去る姿を見た後も、なに呑気に店番の仕事に戻ってんだよ？　サミーの死にしばらく気づかず、アホ面で店番していたって？」

ノーマンは充血した眼で、のたうち回る男を見下ろしていた。

「ず、ずみません！　ずみません！　ずみ、ずみませんっ！　ずみませんっ！　ずみません！　ずみません！」

店番の男は両手で口を押さえ、地面に頭をぶつけて何度も謝罪する。

「お前が謝ったところでサミーは生き返らねえ！」

ノーマンは怒声を上げ、店番の男の肩めがけてトーキックを放つ。

「ぐあああっ⁉」

店番の男はまたしても後ろ向きに吹き飛び、地面をのたうち回った。

「ええ、おい？　どうするよ？　どうしてくれるよ？　サミーは俺の可愛い、可愛いたった一人の甥っ子なんだぞ？　その甥が死んだって？　マジでどうしてくれるんだよ？　お前なんか言い訳してみろよ、ええ、おい？」

ノーマンは店番の男の脚を踏みつけ、ぐりぐりと地面に押しつける。

「あああああ、あめっ！　あ、あめ、降ってて！　もう、若旦那！　ジュリアにお仕置き！終えたのかと思って！　別の娼館の見回りに行ったって！　客いるから、席！　外せなくて！　ずみ、ずみませんっ！」

店番の男はノーマンによるあまりにも理不尽な暴力に怯えて、要領を得ない物言いで必死に弁明し続ける。

「あー、あー、あー、あー……」

ノーマンは店番の男の脚をしっかり踏み抜いて骨折させると、そのまま貧乏揺すりするみたいに骨折した箇所を小刻みに何度も踏みつけて地団駄を踏んだ。

「うあっ、ぁああ、ああ!?」

店番の男は這いずり回って暴れ逃れようとするが、ノーマンの周囲にいる男達がそれを許さなかった。数人がかりで店番の男の上半身を地面に押さえつけ始める。ただ、誰もが気の毒そうな顔で、店番の男から目を背けていた。やがて――、

「ふぅー……!」

ノーマンは大きく深呼吸をして、脚の動きを止める。そして――、

「おい、ニック。どうだ、どう思う?」

一人の男に視線を向けて、質問を投げかけた。相手の名はニックというらしい。

「そうですね……」

ニックはしゃがみ込み、若旦那の亡骸を調査していた。

「証拠がない以上断定はできませんが、傷口から見て凶器は剣ですね。切っ先で真正面から勢いよくズブリ。一撃でしょう。普通に考えれば、そのジュリアとかいう娼婦と一緒に姿をくらましたガキが一番怪しいです。行方をくらました時点で後ろめたいことがあると言っているようなもんですし」

ニックはゆっくりと立ち上がって、自らの所感を述べる。

「やはりそうか……」

「ただ……」

「なんだ?」

「仕立ての良い服を着た貴族みたいな移民のガキ。そいつは丸腰で娼館へ遊びに来たんですね? そこが引っかかります」

「あ? なら他の誰かが犯人だって言いたいのか?」

「……そうですね。それこそ店番のそいつが嘘をついている可能性もありますし」

ニックは地面に這いつくばっている店番の男を見下ろして言う。

「ひっ、つ、ついていない! ついていないれす! 走り去っていくろきも、けんなんて持ってまへんれした!」

店番の男は呻き声を上げて痛みを堪えていたが、自分が疑われていることに気づくと死に物狂いで供述した。

「テメエ、本当だろうなぁ、おい!? 嘘ついたら承知しねえぞ!」

既に散々痛めつけているというのに、これ以上、承知しないことなどあるのか? ノーマンは追い打ちの蹴りを放って尋問する。

「うぁあああっっ⁉　ほ、ほんと、ほんとれす！　若らんなも、そのガキは丸ごひだし護衛もいないって確認ひたひ！」

店番の男は痛みと恐怖ですっかり縮こまっている。とても嘘をついているようには見えなかった。というより、よほど根性が据わっている人物でもなければ、ここで嘘をつくことなどできないだろう。

「まあまあ、ノーマンの旦那。一応そいつが唯一の証人なんですから、その辺で。それにそいつが嘘をついていないとしても、そのガキが実は丸腰じゃなかった可能性だってあります」

ニックはぽんとノーマンの肩に手を置いてとりなす。二人のやりとりから立場的にはノーマンの方が上に位置するようだが、ニックは怒り狂うノーマンを前にしてもまったく怯む様子は見せない。

なんというか、ニックは研ぎ澄まされた雰囲気の持ち主だった。荒事に精通していそうな点はこの場にいる他のゴロツキ達と同様なのだが、暴行ではなく戦そのものを生業としている戦士独特の凄みがある。シンプルで地味な色の外套を羽織り、腰には業物の剣が差してあって、ゴロツキというよりは冒険者や傭兵という風情だ。

「あん？　どういうことだ？」

ノーマンもニックの発言にはちゃんと耳を傾けていた。

「なに、そのガキが本当に貴族なら、とんでもない魔道具の武器を持っていてもおかしくはないと思いましてね。それこそ、目に見えない凶器の剣とか」

「なら、やっぱりそのガキが怪しいってことだな」

「ええ」

と、ニックは相槌を打ちつつ——、

（それこそ、勇者が持つ神装は自由に出し入れできると聞いた。仕立ての良い服を着た貴族みたいな移民のガキと見えない凶器の剣。まさか……）

目を細めて若旦那の亡骸を見下ろし、殺害に使われた剣の謎に迫っていた。

「……とにかくだ。その移民のガキは見つけて殺す、必ずだ。俺がこの手で……。お前ら今夜は眠れると思うなよ？　消えた二人の行方を追え」

ノーマンは悔しさと怒りで全身を震わせながら、周りに集まるゴロツキに命じた。

「はいっ！」

ゴロツキ達は萎縮し、大声を捻り出して返事をする。今、袋小路に集まっているのは、ガルアーク王国王都の娼館街やスラム街を拠点にする反社会的な組織の構成員達だ。その彼らが、これから総力を挙げて貴久の追跡を行うことが決まった。

「ニック」

「……はい」

「お前にはガキの素性を探ってもらいたい。そのガキが移民から成り上がった家の生まれなら、候補は相当絞れるはずだ」

「俺の本職は傭兵ですよ。この土地の生まれでもない」

もっと他に適任がいるのでは？　と、ニックは肩をすくめる。

「うちの若え奴なら自由に使っていい」

お前以外に適任はいないと、ノーマンは仕事を託す。

「……わかりました。じゃあ、とりあえず一晩ください。貴族街に忍び込んで何か変化がないか探ってきますよ。同行者がいても足手まといになるんで、俺一人でいい」

「頼むぞ。他の奴らには貴族街以外をくまなく捜させる」

「了解。では、早速行ってきます」

そう言い残すや否や、ニックは歩きだしてその場を立ち去る。そして――、

（王都での情報収集なんてつまらん任務だと思ったが、もし本当にそいつが勇者なら面白くなってきた。事が事だ。レイスの旦那にも報告しておくか）

ニックは組織の者達に背を向けてほくそ笑みながら、夜の娼館街から姿を消した。

◇◇◇

場所は王都の西地区。

南西部にある娼館街から一キロ以上離れた場所で。

ノーマン達が若旦那の死に気づいた頃、土砂降りの雨が降り注ぐ中、とある安宿に駆け込む若い二人がいた。二人とも外套のフードを被って、びしょ濡れになっている。

「いらっしゃい」

宿の受付をする男が、あまりやる気のなさそうな声で接客の挨拶を告げた。

「二人、お願い。個室で」

と、客の一方が必要最低限のことだけを言う。フードで頭が覆われていて、俯きがちだったのでわかりにくいが、若い女の子の声だった。

「二人で大銅貨四枚だ。食事は別で一人一食小銅貨五枚」

「とりあえず食事はいらない」

女の子はそう言いながら、大銅貨四枚を受付台に置く。

「……階段を上がって、左の突き当たりにある部屋を使ってくれ」

受付の男は部屋の鍵を差し出しながら、もう一方の客を一瞥した。

「…………」

もう一方の客は一言も喋らず、じっと俯き続けていた。こちらも外套のフードを被っているせいで顔はよく見えないが、背恰好からして男であることは窺えた。隙間から覗ける鼻や口から若い少年であることもわかった。そして、肌の色が死人みたいに青白くなっていることも……。

「行こう」

女の子が鍵を手に取り歩きだす。

「…………」

男はうんともすんとも言わず、人形みたいに引っ張られて脚を動かした。階段を上る時も女の子に先導されて「脚、気をつけて」とか言われているが、何も喋らない。そんな二人を眺めながら――、

（……不気味な客だな）

受付の男はそう思ったが、すぐに興味を失って視線を外した。

「入って」

女の子が男の手を引き、二階の客室に入る。それから、廊下に顔を出して誰も追ってきていないことを確認すると、ようやく部屋の扉を閉じた。それで――、

「とりあえず、ここなら今夜は大丈夫だと思う」

女の子がフードをめくって言う。顕わになったのは、ジュリアの顔だった。ジュリアは胸をなで下ろして深く息をつくと、外套を脱ぎ――、

「ほら、タカヒサも脱いで」

貴久の外套も脱がしてやった。貴久はされるがまま外套を脱がされる。雨は外套が防いでくれていたから、水で体温が奪われているわけではない。ただ、貴久は全身を小刻みに震わせていた。そして、外套の裾で隠されていた両手が視界に映ると――、

「っ⁉」

貴久は途端にひどく怯えたような顔になった。ほんの一時間ほど前に、若旦那を殺してしまったことが関係しているのは明らかだろう。

どすり――と、若旦那の胸を貫いた時に伝わってきた鈍い重みが、今もまだ貴久の両腕にずっしりとのしかかっているようだ。

「大丈夫、大丈夫だから。タカヒサ、座ろう」

ジュリアは貴久にぎゅっと抱きつく。そのまま子供をあやすようにぽんぽんと背中を叩くと、貴久と並んでベッドに腰を下ろした。

「俺、俺……」

貴久は罪悪感で真っ黒に塗りつぶされた顔を俯かせ、ぶるぶると揺れる両の手に視線を縫い付けられている。

「どうしよう。俺……」

人を殺してしまった。人を殺してしまった。と、何度も頭の中でループする。

「タカヒサは私を助けてくれたの。だから、タカヒサは悪くない。ここにいればすぐに見つかることもないはずだから」

ジュリアは震えが止まらぬ貴久の身体を、横からそっと抱きしめた。ちなみに、二人が今こうして宿に身を隠すことができているのは、すべてジュリアのおかげだ。

若旦那を殺害した現場を立ち去る際、ジュリアがリスクを冒してまで一度娼館に戻ったのは、自分の部屋から逃走の資金を取ってくるためだった。

そのおかげで道中、露店で安売りされていた外套を購入し、貴久の目立つ恰好を隠して宿に駆け込むことができた。外套を着てからは雨の中をぐるぐると動き回ってこの宿にやってきたし、ずっと追跡されていない限りは二人がこの宿に逃げたことをすぐに突き止めることはできないはずだ。

「…………………」

貴久はジュリアに抱きつかれても、ずっと震え続けている。恋敵であるリオの存在に後押しされたとはいえ、人の命が容易く奪われるこの世界で、人を殺すことに強い忌避感を抱き続けてきたのが貴久だ。初めて人を殺したショックからそう簡単に抜け出すことができるはずもないが――、

「……ん、ぷっ⁉」

ある瞬間、貴久の瞳に生気が戻る。というより、びっくりして大きく目を見開いた。なぜか？

「んんっ……！」

ジュリアがいきなりキスをして、貴久の口を塞いだからだ。貴久は慌ててジュリアを引き離そうとするが――、

「ん……」

ジュリアは強引に顔を掴んで、貴久の唇を求め続ける。それから、たっぷり十秒以上呼吸を忘れたところで――、

「…………ぷ、ぷはっ、な、何を、するんだよ⁉」

　貴久はようやく解放された。それでジュリアから慌てて顔を離し、唇を押さえながら赤面してキスをしてきた理由を問いかける。

「ごめんなさい。こういう状況で、すごく卑怯だと思うんだけど……」

　ジュリアはそう言いながら、貴久の手を唇からどけた。そしてもう一度、貴久に顔を近づけていく。

「は⁉　え⁉　え⁉」

　貴久はよほど気が動転しているらしく、綺麗に声が大きく裏返っていた。人を殺したことすら頭の中から吹き飛んだのか、先ほどまでの悲痛な形相は痕跡もない。

「先に伝えておくわね」

　ジュリアは至近距離から貴久と目線を合わせて、そう前置きした。そして――、

「私、貴方のことが好きよ、タカヒサ」

　大好き――ジュリアは貴久を押し倒しながら、もう一度、情熱的に唇を重ねた。

場所はアルマダ聖王国。聖都トネリコへと移る。

夜。貴久とジュリアが宿に駆け込んだ頃。

法王フェンリス＝トネリコは執務室に引きこもり、日頃、留守にしている間に溜まりに溜まった書類の整理を行っていた。

室内に法王以外の姿はなく、実に静謐な空間だったが――、

「やあ、兄さん。報告に来たよ」

開けっぱなしになっていたバルコニーから、幼い子供が入ってきた。白い装束を着用していることから神殿の関係者であることが窺えるが、法王の執務室があるのは地上から二十メートルの高さだ。

いきなり人が入ってきたとなれば、かなり心臓に悪いシチュエーションだ。というか、いったいどうやって入ってきたのか？

「……ずいぶんと遅かったですね」

フェンリスはやれやれと溜息をつき、手にしたペンの動きを止めた。

「リオと話をした後にちょっと聖都を見て回ってきたんだ。久々の地上巡りがなかなかに楽しくてね」

と、小さな子供――エルは特に悪びれた様子もなく語る。エルが聖都の街中でリオとソ

ラに語りかけ、レストランに移動して話をしたのが今日の日中のことだった。どうやらエルはそこからずっと聖都を散策していたらしい。

「相変わらず自由というか、神出鬼没ですね。まったく……」

「兄さんほどじゃないよ」

フェンリスから呆れの眼差しを向けられるが、エルはふふっと微笑む。

「それで、彼と会ってみてどうでしたか？」

「収穫はあったよ。まず、彼は僕らが知る竜王ではない。僕と顔を合わせても何の反応もなかったからね。記憶がないのか、竜王の権能を持つだけの別人と考えた方がいい」

「やはりそうですか……」

「それと、彼はリーナの指示でこの地に来たわけではないようだね。少なくとも現状では彼がリーナから指示を受けている可能性はかなり低いと思う」

「……そう思う根拠は？」

「目的がなんなのか、彼自身手探りでこの地に来ているような感じだったからね。この地で何か問題が起きているんじゃないかと疑っているようだけど、明確な根拠や確信は持ち合わせていなかった。むしろその根拠がないか探っていた感じだったね」

「なるほど……」

フェンリスは虚空を見つめ、ふむと唸る。

「彼がこの地で何かをしでかすことを警戒しているのなら、とりあえずは静観でもいいと思うよ。まあ、僕としては今の彼ともっと交流を重ねたいところだけどね」

「意味のない接触を重ねるのは控えてくださいよ？」

「わかっているよ。今後も彼の動向を探るつもりなら任せてくれという話さ。彼がこの地に留まっている隙に、兄さんはよそでやりたいこともあるんだろう？　せっかくゴーレムも回収したんだし」

「それでも、しばらくはこの地に留まるつもりだったんですがね……」

ガルアーク王国からリオが離れ、戦力が分散しているこの状況は各個撃破を行う好機にしか見えない。が、フェンリスは逡巡しているらしい。その理由は――、

「やはり気になるのはあの女のことかい？」

「ええ。指示は出していなくとも、彼がこの地に来ることをあのリーナが予知していなかったとも思えませんからね」

リオがガルアーク王国を離れ、戦力が分散しているこの状況に対する備えがあるのではないかと、フェンリスは疑っているようだ。

「案外それが狙いなのかもしれないよ。自分の存在をほのめかして相手を牽制するのが、

あの女の陰湿なやり口だからね。慎重を期して静観した結果、後悔したことだっていくらでもあっただろう？」

「ですね……」

だから賢神リーナとの戦いは嫌なのだ——と言わんばかりに、フェンリスは大きく溜息をついて同意した。

「それにあの女の予知能力にも限界はある。予知したところで対処不可能な状況は流石にどうにもできないだろうからね。だから、僕は開き直って行動に移すのも悪くないと思うよ？　普通に考えて勝算が高い企みなら尚更ね」

「ずいぶんと背中を押してくれますね？」

「だってそっちの方が面白いじゃないか」

エルは好奇心たっぷりに微笑んだ。

「まったく……」

「それに、千年間、大切に保管し続けてきたゴーレムまで投入するんだろ。超越者と眷属以外にアレを止められるとは思えないけどね。それで止められるようなら、竜王以外の超越者か眷属が存在していることの確証も持てる。だから悪いことではないと思うよ。なんなら思いきって複数体、投入してみてもいい」

「……そうですね、どうせ竜の尾を踏むことになるのなら……」

フェンリスが踏ん切りがついたように相槌を打つ。その時のことだった。法王の執務室の扉をノックする音が響く。すると、自分がこの場に居合わせても説明が面倒だと思ったのか、エルが肩をすくめてバルコニーに退散した。

「……入りなさい」

フェンリスが許可を出す。そうして入室してきたのは、フェンリスの秘書を務めるアンナ＝メンドーザという神官の女性だった。

「猊下、夜分に申し訳ございません。急ぎ猊下に謁見したいという方がいらっしゃいました。このような時間に非常識なとは思ったのですが、猊下の紋章が刻まれた品をお持ちでしたので……」

と、アンナは入室するなり、恐縮して報告を行う。

「ほう、誰ですかね？」

フェンリスが紋章を刻んだ品を渡しているのは、限られた相手しかいない。そして今この聖都にフェンリスが戻ってきている事実を知ることができる者もわずかだ。

「ニックという名の傭兵だそうです」

偶然だろうか？　アンナが口にした人物の名は、ガルアーク王国の王都でノーマンに雇われ、若旦那の殺害事件を調査している傭兵と同名だった。

「……そうでしたか。ぜひ、その者と二人きりで話をしたい。公的な謁見ではなく、すぐこの部屋に案内してください。護衛は不要です」

「承知しました」

アンナは恭しく頷き、ニックを案内すべく部屋を出て行く。

（ニックはガルアーク王国の王都で潜伏任務に就いていたはずですが、このタイミングで報告がくるとは面白い。どういう知らせが来るか……）

フェンリスは愉快そうに口許をほころばせ、椅子の背もたれに体重を預けた。

一方で、場所はガルアーク王国の屋敷。
貴久が若旦那を殺害した日の深夜のことだ。
「…………」
綾瀬美春は眠りに就けず、暗闇の中で何度も溜息をついていた。原因は言うまでもなく貴久が失踪したことが関係している。

──貴久君のことは嫌い。大嫌い。一緒にはいられない。いたくない。だからもう、二度と私の前に顔を見せないで。

と、感情的になって口にした言葉が、頭の中で何度もループしている。

（……私があんなことを言ったせいだったのかな？　貴久君をビンタして……）

美春は貴久を平手打ちした手のひらを見下ろしながら、苦々しく唇を結ぶ。

けど、あの瞬間……。

──リリィは俺のこと、好きなんだろ？　セントステラ王国のためにも、俺と美春に結ばれて欲しくないから、そんなひどいことを言っていたりするんじゃないか？

と、貴久がリリアーナを責めている姿を見た瞬間、美春は心の内から怒りが沸き起こるのを抑えることができなかった。

だって、貴久の思いに応えられないと、美春は既に伝えていた。なのに、どうして美春が貴久の思いに応える前提でリリアーナを侮辱したのか、どうしてリリアーナが悪く言われなければならないのか、美春には理解ができなかったのだ。

だから、どうしても許すことができなかった。リリアーナを傷つけた貴久のことも。貴久をもっと強く拒絶してこなかった自分のことも。それで、気がつけば身体が勝手に動いていて、貴久の頬をビンタしていた。

　あんなに誰かに怒りを抱いたのは、生まれて初めだった。こうする以外他に選択肢はないと、それが正解だと、思ってしまった。

　けど、貴久が失踪した今――、

（……………どうすれば良かったのかな？）

　貴久を拒絶してはいけなかったのだろうか？　貴久のことを受け容れるべきだったのだろうか？　貴久の気持ちに応えればよかったのだろうか？　いったい何が正解だったというのか？　と、美春はつい考えてしまう。

　すると、どうしてだろうか？

（あの夢……）

　美春はつい先日、夢の中で聞いた言葉を思い出した。

――貴方はいずれ決断を求められるわ。

――大事な、とても大事な決断を迫られる。

――私はね。絶対に間違っていると思う選択をすることを強く推奨するわ。

　夢の中で、誰か知らない女性が美春に告げた言葉だ。不思議だった。しょせんは夢の中の出来事なのに、妙に鮮明に記憶している。だからか――、

（絶対に間違っていると思う選択って、貴久君を許すことだったのかな？）

美春は夢の中の助言について、真面目に考えてしまう。夢の中で助言をくれた女性は、未来がどうなるか知っているのだろうか？　だから、あんな助言をしたのだろうか？　なら、貴久が今どこにいるのかも知っているのだろうか？　未来を知っていたのなら、今どこにいるのかだって知っていてもおかしくはない。

美春の疑問は尽きない。けど――、

(もう一度、あの夢を見ることができたら……)

何かわかるのだろうか？

「………………」

とても眠れる気分ではないが、美春はベッドで横になった。

◇　◇　◇

気がつくと、美春は真っ白な世界に立っていた。

「っ……!?」

あの夢だ。間違いない。美春はハッとして辺りを見回す。すると――、

「随分(ずいぶん)と遅(おそ)かったじゃない」

と、どこからともなく女性の声が聞こえてきた。

「あ……！」

相手の姿は見えないけれど、美春は声の主が前に見た夢の対話相手と同一人物であると確信する。

「二日ぶりの睡眠だったから、寝付きは良かったみたいね」

横になってからは一瞬だったわよ——と、声の主は美春に言った。

「え……？」

相手がいきなり何を言いだしたのか意味がわからず、美春はきょとんと首を傾げる。

「彼をビンタして、昨日も碌に寝ていなかったでしょ。で、今日も不眠不休」

「あ、はい……」

まるでずっと見られていたかのような発言に面食らって、美春は頷いた。ただ、すぐに我に返ると——、

「あの、貴久君がどこにいるのか知っていますか⁉」

と、声の主に問いかけた。

「会うなりいきなりねえ。まあ、知っているといえば知っているけど」

「教えてください！」

「駄目よ、教えられない」

声の主はにべもなく美春のお願いを断る。

「な、なんで……」

「別に意地悪しているわけじゃないのよ。もともと私が知る未来は人に教えていいものではないから。タブーを犯せばペナルティが発生する。リスクもある。まあ、ペナルティとリスクを覚悟で教えることもできるのだけど、今回は駄目ね」

と、声の主は未来を教えてはいけない理由を語る。

「…………」

それでも教えてほしいと美春の表情が物語っているが、続く言葉が出てこない。それで美春がもどかしそうに押し黙っていると――、

「というより、私が未来を知っているって、当然のように信じているのね。これがただの夢だって、思わないの？」

声の主が先に話を繋げた。

「……思います。けど……」

けど、何なのだろうか？　美春自身わかっていないのか、言葉に詰まる。

「藁にも縋る思いって感じね。そんなに彼の居場所を知りたいの？」

「知りたいです」

美春は迷わず頷くが――、

「でも、貴方は彼のことを許せなかったんじゃないの？　彼の顔は二度と見たくなかったのよね？　なら、彼がどこへ行こうが知ったこっちゃないでしょ？」

と、声の主は意地悪く追及し――、

「それは……」

美春は言葉に詰まる。

「こんなことになるなんて、思ってもいなかった？」

衝動的な行動には後悔が伴うのよ――と、声の主は見透かしたように指摘した。

「はい……」

美春は消沈して頷く。

「……お馬鹿だけど、素直なのね」

声の主は毒気を抜かれたように嘆息して――、

「貴方に彼の居場所を教えられない理由。もう手遅れなのよ。未来は既に分岐したから」

と、説明を続けた。

「未来は、分岐した？　手遅れ……？」

「ええ。未来はね、ちょっとした出来事でも無限の枝葉のように分岐していく恐れを秘めているの。昨日、貴方が彼を拒絶したことで、未来が厄介な方に分岐した」

「やっぱり絶対に間違っていると思う選択って……」

「そう、あの場面で彼を許すかどうかよ」

「わかりづらすぎませんか……？」

あの瞬間、選択がどうかなんて思い浮かびもしなかったと、美春は遠回しに抗議する。

「言ったでしょ。もともと私が知る未来は人に教えていいものじゃないって。ペナルティとリスクを避けるためにそれとなくほのめかすことしかできなかったのよ」

「じゃあ、ほのめかす程度なら、貴久君の居場所を教えてもらうことも……」

できるのではないかと、美春は一縷の望みをかけて訊くが――、

「しない」

声の主は「できない」ではなく「しない」と、けんもほろろに即答した。

「…………」

美春はその勢いに圧され、続く言葉を呑み込んでしまう。

「そんな顔しないでよね。これも言ったはずよ。未来は既に分岐したと。ここで貴方に余計な行動を起こされて、妙な方向に未来が分岐されると面倒なのよ。今の私にはもう未来

を見通す力はないから」

「……じゃあ、これから貴久君はどうなるんでしょうか？」

「あのね。貴方、私の話をちゃんと聞いていた？」

声の主が強い呆れを滲(にじ)ませて言う。

「え……？」

「私はそう簡単に未来を教えることができないの」

「あ……。そ、そうでした。すみません」

美春は慌てて頭を下げる。

「本当に、なんでこんなお馬鹿な女に……」

と、溜息をつく声色(こわいろ)からは、苛立(いらだ)ちが滲んでいることがわかった。

「…………」

美春は気まずそうに言葉を呑んでしまう。

「まあ、いいわ。貴方がパートナーとして頼(たよ)りない分、私が頑張(がんば)るしかない」

「え……？」

「残念ながら、そろそろ時間ね。今後は貴方が覚えていられる夢の内容をこちらで選別させてもらうわ。夢で私と話すことで情報を得て、余計な真似(まね)をされても面倒だから」

「そんな……」

美春が慌てて何か言おうとするが――、

「どの道、直近で貴方を頼りたい出来事は起きないわ。むしろ未来が分岐したせいで、貴方ではどうしようもできない出来事が起きる」

「それは……」

いったいどんな？　と、訊きかけて、美春は慌てて口を噤む。

「少しはお利口になったみたいね。その調子で賢いところを見せてくれれば、いずれまた貴方を頼ることもあるわ。頑張りなさい」

「は、はい……」

「あ、そうそう。それと……」

声の主はふと何かを思い出したように、言葉を溜めて――、

「貴方の身体を少し借りることもあるから」

さらりと、突拍子もないことを告げる。

「……え？」

「大きなご褒美もあるから、楽しみにしていなさい」

美春が呆気にとられている内に最後に声が響いて、美春の意識は途切れたのだった。

【第五章】 もう、手遅れ

ガルアーク王国の王都。平民街にある、とある安宿で。朝ではなく、もう昼がだいぶ近い午前の時間に――、

「ん……」

千堂貴久は目を覚ました。どうやら横向きに寝ていたらしい。ぼんやりと意識が覚醒して、薄らと目を開くと――、

「あ、起きた」

すぐ目の前に、ジュリアの顔が映る。上掛けの薄い布団一枚の中で、二人で一緒に眠っていた。

「…………」

まだ寝惚けているのか、貴久はぱちぱちと目を瞬く。

「おはよう、タカヒサ」

ジュリアがにこにこと微笑みかける。

「……お、おはよう」

しばらくして、貴久は顔を赤くして挨拶を返した。

「あれ、照れている？」

ジュリアがからかうように問いかける。

「……先に起きていたのなら、起こしてくれても良かったのに」

貴久は照れ隠しに、ジュリアから視線を外す。

「タカヒサの寝顔を見ていたかったの」

「そう、なんだ」

「それに私もさっき起きたばかりだし。もうお昼が近いんじゃないかな」

「え、そんなに寝ていたの？」

「そりゃあまあ、昨日あれだけ……ねえ？」

ジュリアは頬を赤らめ、悪戯っぽくはにかむ。

「…………っ」

貴久の顔はみるみる赤くなり――、

「タカヒサって本当わかりやすいよね。えいっ」

ジュリアがニヤリと笑い、貴久に抱きついた。

「わぷっ、ちょっ、ちょっと。色々と当たっているから。というか、服着ていないじゃないか！」

貴久が慌てて注意し、ジュリアが裸のままくっついてこようとするのを両手で阻止しようとした。

「えー？　昨日、散々くっつけ合っていたのに、今さら？」

「それはっ……、その……」

「私の身体を好き放題貪ったのは、どこの誰だったかなあ？」

ジュリアはタカヒサにすり寄りながら、実に白々しく問いかける。

「さ、最初に好き放題してきたのは、ジュリアの方じゃないか……」

貴久は両手で押し返すのを止め、観念してジュリアを受け容れた。

「じゃあ、お互い様ね」

と、ジュリアは屈託のない笑みを覗かせ、ご機嫌に言う。

「…………」

貴久は安らかに口許をほころばせる。すると、示し合わせでもしたみたいに、二人のお腹が鳴った。それでどちらからともなく、くすっと笑って——、

「……お腹減ったね。とりあえず、ご飯にしよっか」

ジュリアが提案し、二人は食事を摂ることにした。

数十分後。

貴久とジュリアは宿の食堂から自室に運びこんだ料理を食べ終え、テーブルで顔を突き合わせていた。

「ご馳走様」

「はー、お腹いっぱい」

ジュリアが満足そうに吐息を漏らす。

「そうだね、よく食べた……」

少し前に食べ終えていた貴久も、お腹に触れて同意する。ジュリアは昨日の昼から何も食べていなかったし、貴久にいたっては二日前の夜から何も食べていなかったので、二人とも黙々と料理を口に運び続けたのだ。

「今、最高に生きているって感じがする……」

ジュリアが遠い目で、幸せそうに言ってから――、

「タカヒサはどう？」

　と、向かいに座る貴久に問いかけた。

「…………そう、だね。ジュリアのおかげで、なんとか踏みとどまれたよ」

　顔から強い罪悪感の色が滲み、貴久は息苦しそうに奥歯を噛んだ。お城で犯してしまった様々な過ちや、若旦那を殺してしまった一件。それらが棘の塊になって、貴久の胸の内に今も突き刺さっているのだろう。すると――、

「タカヒサのせいじゃないよ」

　ジュリアが貴久を擁護した。

「え？」

「若旦那が死んだのは、タカヒサのせいじゃない。今までアイツがしてきた悪さが積もり積もって、天罰が下ったんだよ。死んで当然だったの、あんな男」

「…………」

　貴久は後ろめたそうに顔を伏せ、押し黙る。

「人のこと、物だなんて言ってさ。人を脅して、人の自由を奪って、人が身体を張って稼いだお金をほとんど持っていって、それで当然って顔をして。何か言われればすぐに怒って、刃物を振り回して。最低のクズ野郎じゃない」

ジュリアはせいせいしたと言わんばかりに語って、若旦那の死を正当化した。

「……けど、人を殺すのは駄目だ」

「違う！」

「っ……」

ジュリアが語気を荒くして否定し、貴久は驚いて目を丸くする。

「違うよっ。殺したんじゃない。タカヒサはね。私を助けてくれたんだよ！」

「……でも」

「人を助けるのは良いことでしょ？　悪いことなの？」

「それは……」

屁理屈だろうと、貴久の口が動きかける。だが、貴久はそうだと指摘しなかった。喉元まで出かかった言葉を呑み込み、口を噤む。楽になりたくて、罪の重圧を和らげてくれるジュリアの言葉に甘えたかったのかもしれない。

「ずっと嫌だった。惨めに思っていた。自分が借りていないお金の返済を迫られて、奴隷になって、娼婦にさせられて、娼館に閉じ込められて、自由なんてなくて……。私にできることは何もないんだって、わからされて生きてきた。明日のない生活の中で嫌な現実から目を背けて、能天気に生きている方が楽だって、逃げてきた」

　ジュリアは奴隷の首輪を握り締めながら、唐突に自分の身の上を語りだした。そして椅子から立ち上がると、向かいの席に座る貴久に歩み寄り――、

「タカヒサは、そんな私を助けてくれたんだよ。そんな私に、タカヒサが明日をくれたんだよ。若旦那が死んだあの時『ああ、私は自由になれるのかも』って思えたの。全部、タカヒサのおかげなんだよ。タカヒサは私の正義の王子様なんだよ」

　と、肩を揺さぶって力説した。

「ジュリア……」

「だから、タカヒサは悪くない。タカヒサがしたことを悪いって責める人がいるのなら私が許さない」

　私が守ると言わんばかりに、ジュリアは貴久に抱きついた。

「…………ありがとう。けど、俺は王子様なんかじゃないから」

　貴久は救われたように表情筋を緩め、脱力してはにかんだ。

「私の王子様はタカヒサでいいって、昨日も言ったでしょ？」

「……ジュリアって、王子様が好きなの？」

「まぁ、憧れはあったわよね。いつか自分を王子様が助けてくれたら、って。そう思いながら生きてきたわ」

ジュリアはそう答えながら、貴久の太ももを椅子代わりにして密着する。

「そ、そっか」

唐突な接触に、貴久はドキッと身体を震わせた。

「それに……」

「ん？」

「初めてタカヒサを見かけた時、私、本当にタカヒサのことを王子様みたいな人だなと思ったのよ。見た目はかなり良い線行っていたから」

ジュリアは照れ臭そうに打ち明けた。

「あはは」

貴久はおかしそうに笑う。だが――、

「まあ、中身はかなりヘタレだったけど。しかも文無し」

「は、はは……」

ジュリアからしっぺ返しをくらい、貴久の笑いは引きつった。

「……じゃあさ、王子様じゃないなら、タカヒサは何者なの？」

ジュリアが貴久の顔色を窺いながら、ようやく貴久の素性に迫る質問をする。

「そういえば、俺のことはまだ何も言っていなかったよね。ジュリアも何も訊かないでいてくれたし……」

「うん、なんかいかにも訳ありだなあって感じがしたから、訊かなかった。でも、今なら教えてくれる？」

ジュリアは貴久の膝に座ったまま、至近距離からじっと顔を覗き込む。すると――、

「……俺、勇者なんだ」

貴久は心を決めて、自分の素性を打ち明けた。

「え……？」

ジュリアは呆気にとられ、ぱちぱちと目を瞬く。

「だから、勇者なんだ。セントステラ王国の。昨日まではガルアーク王国城にいた」

貴久は苦笑して情報を付け足す。

「え？　え？」

「えっと、そもそも勇者って知っている？」

「いや、知っているけど、え？　勇者⁉　タカヒサが⁉」

ジュリアは相当びっくりしているのか、仰け反りそうになっている。

「そう、俺が」

「王子様よりすごくない⁉」

「そんなことはないと思うけど……」

タカヒサはこそばゆそうに口許に皺を刻んだ。

「えー!?　えー!?」

と、ジュリアは思わず声を上げながら、じっと貴久を見つめて――、

「……えー!?」

もう一度、声を上げた。

「そんなに驚くことかな？」

貴久は勇者を目にした者の常識的な反応がいまいちわかっておらず、困ったように肩をすくめる。

「驚くでしょ！　だって勇者様って、誰もが知っているおとぎ話にも出てくる人で。確かに勇者様が現れたって、前に騒ぎになったけど！　まさかその勇者様が自分の前にいて、話をしているなんて」

「いや、昨日からずっと一緒にいるのに、今さら普通に話をしているくらい……。というより、こんなにくっついていることの方が……」

と、貴久はほんのりと頬を赤らめて指摘した。確かにジュリアは今も貴久の膝に座っているので、話をしている程度で騒ぐのは今さら過ぎる。

「え？　いや、まあ、そうなんだけど……、そう、だよね。あはは、たしかに。なんなら昨日の夜も散々……」

ジュリアは貴久と一晩中、肌を重ね合わせたことを思い出したのか、赤面してそそくさと立ち上がった。そして後ろに下がって貴久から離れる。

「いや、そんな急に露骨に距離を置かなくても」

いいじゃないかと、貴久はなんだか寂しそうに口を尖らせる。

「こ、心の整理が必要なの。そんな急に勇者様だとか言われても……。いや、まあタカヒサが大物だってことは最初に見かけた時から気づいていたけどね。道理で、良い服を着ているわけだよ、うん。あ、っていうか、呼び捨てにしちゃ駄目だよね!?　タカヒサ様って呼んだ方がいい!?」

ジュリアはだいぶ気が動転しているのか、おろおろして右往左往してしまう。

「お、落ち着いて？　大丈夫。普通に、今まで通りに接してくれればいいから！　ほら、深呼吸、深呼吸」

貴久も慌ててジュリアを鎮めようとした。

「う、うん。すうー、はあ、すう、はあ……」

それでようやく、ジュリアは気を鎮める。

「落ち着いた？」

「なんとかね」

「……でも、俺が勇者だってこと、すんなり信じてくれるんだね」

勇者だと証明する手段はないのにと、タカヒサはジュリアの反応を窺う。

「うん、私はタカヒサのことは信じるわよ」

ジュリアは無邪気に首を縦に振る。すると、お城で散々、貴方の言葉は信じられないと皆から否定されてきた貴久にとっては、身に沁みたのか――、

「………ありがとう」

貴久はくしゃくしゃに顔を歪めて、泣きそうな声で礼を言った。ジュリアはそんな貴久の姿を見ると、小さく嘆息する。

「なんでだろうなあ。私、タカヒサのその顔にすごく弱いかも……」

ジュリアは椅子に座る貴久と再び距離を詰めて、貴久の頭を優しく胸に抱き寄せた。

胸が顔に当たっている――とは指摘できず、貴久は気恥ずかしそうに問いかける。

「……どんな顔さ？」

「うーん、捨てられた子犬みたいな顔？　なんだか無条件に甘やかして、守ってあげたくなっちゃうというか……。母性本能が刺激されるのかな？」

ジュリアはそう語りながら、貴久を抱きしめる力をぎゅうっと強くした。

「…………」

「ねえ。タカヒサの事情、もっと訊いてもいい？」

「もちろん……」

「タカヒサはさ。お城から逃げてきたの？」

「……なんで？」

わかるんだ？　と、貴久は意外そうに訊き返す。

「だって、お城の勇者様があんな場末の娼館街に、たった一人でねえ……」

「確かに、明らかに何か訳ありだよね」

「うん。それにさ」

ジュリアはそこまで語ってから、勇気を出すみたいにぎゅっと唇を結ぶと——、

「好きな子に嫌われたって、言っていたわよね？」

と、貴久に訊いた。

「……はは」

「そんなに嫌われちゃった？」

「こっぴどく……。二度と会いたくないって、絶縁状を突きつけられた感じかな」

貴久は身体を強張らせ、背中を丸くして頷く。

「そっか。ならその女、きっと男を見る目がないのね。こんなに良い男を袖にするんだもの。きっと今頃は貴久がいなくなって後悔しているはずよ」

ジュリアは口をとんがらせ、貴久の代わりに不満を吐き出した。

「そう、かな？」

貴久が自信なげに尋ねると――、

「ええ、きっとね」

ジュリアは力強く即答して、太鼓判を捺した。よしよしと背中を叩いて、怯えた小動物みたいに縮こまっている貴久をあやし続ける。次第に貴久がリラックスして、身体の力を抜いたことを感じ取ったところで――、

「それで、タカヒサはこれからどうするの？」

ジュリアは新たな問いを貴久に投げかけた。

「……どうするって？」

「これからのこと。お城に帰るの？」

「…………………」

嫌だ、帰りたくない――と言わんばかりに、貴久の身体が再び強張った。

「帰りたくないのね。じゃあ、お城を頼るのはナシ、と。私も娼館には帰れないし、頼れるところもない。このまま王都にいたら危ないだろうし……」

　ジュリアは貴久の背中をさすりながら、うーんと考えて唸る。そして、何か良いことを思いついたみたいに「あ」と声を漏らすと――、

「なら、いっそのこと私とどこか遠いところまで逃げちゃう？」

　と、提案した。

「どこか、遠いところに……？」

「うん。貴久が嫌だっていうまで、私が無限に癒やしてあげる。それでね。二人で死ぬまでずーっと幸せに暮らすの。おじいちゃんとおばあちゃんになったら、昨日とか今日あったことを思い出してさ。『そんなこともあったねえ』とか、『アイツはやっぱり死んで良かったよ』とか、『そんな女もいたねえ。でも俺はジュリアと結ばれて幸せだったよ』とか、二人で笑って話すんだよ」

　その頃にはきっと時間がすべてを癒やしてくれている。だから、全部捨てて逃げ出しちゃおうよ――と、ジュリアは屈託のない笑顔で貴久に語りかけた。

「…………そう、だね。それもいいかもしれない」

　貴久はしばし無言を貫いてから、首を縦に振った。

「よし。じゃあ、決まり！」

ジュリアはご声を弾ませ、貴久に抱きつく力を嬉しそうに強めた。そして――、

「じゃあ、出発の準備をしないとね。旅をするのって何が必要なんだろ？　旅費、私が持っているお金で足りるかな？」

すっかり舞い上がっているのか、ああしようか、こうしようかと、早速、旅立つことに思いを巡らせる。

「お金のことなら、俺の服を売ったらどうかな？」

貴久がそんなジュリアを微笑ましそうに見つめて提案した。

「え……？　いいの？　そんなに高そうな服……」

「だからだよ。着ていても目立つだけだし、処分した方がいいと思う。捨てるよりは売った方がいい」

「そっか。じゃあ、お言葉に甘えて、そうしようか。ありがとう」

ジュリアは幸せそうに破顔して礼を言った。

「いいんだ。問題はいつどこで売るかだけど……」

「売却も出発も急いだ方が良いと思う。若旦那が所属していた組織は王都の平民街にも顔が利くから、いつまでも隠れ続けられるとは思えないし」

もうとっくに若旦那の死に気づいて、消えた貴久とジュリアを怪しみ捜索しているはずだと、ジュリアは語る。

「そっか……。じゃあ急がないとだね」

「うん。良さそうな店を知っているの。普通の店だと怪しまれて買い取ってくれないような高級品でも、詮索されずに買い取ってくれるって」

「……怪しい店じゃないの？」

「大丈夫だと思う。まあ、実際に怪しい人が顧客に多いらしいんだけど、だからこそ情報厳守のお店らしいから。娼婦の子達も不要な宝石とか売りにいっているし」

「……わかった。なら、二人で売りに行こう」

「駄目。私が一人で行ってくる」

「え、なんで？」

「私が二人で逃げていることは知られているはずだから、外套で顔を隠していても二人で歩いていたら怪しまれちゃうよ」

「じゃあ、代わりに俺が……」

「タカヒサ、平民街に来たことないんでしょ？　私が場所を教えてもわからないと思うけど？」

「うっ……」

「ただでさえお城で暮らしていて世間知らずなんだから、私に任せて」

「……わかったよ。でも気をつけて」

貴久は観念して頷いた。

「ええ。じゃあ、そうと決まれば……」

ジュリアが貴久の膝に座ったまま、キスでもするみたいに顔を近づける。そして衣類越しに艶めかしく貴久の上半身をまさぐり始めた。

「ちょ、ちょっと？　今から服を売りに行くんじゃ……？」

いったい何を想像しているのか？　真っ赤な絵の具でも塗られたみたいに、貴久の顔がみるみる紅潮していく。それから――、

「売れそうな物の選別よ。裸は可哀想だし、シャツとズボンは勘弁してあげる」

ジュリアはにっこり笑って、貴久の服を脱がせ始めたのだった。

午前。貴久とジュリアが目覚めた頃。

銀狼獣人の少女サラはガルアーク王国城を離れ、シャルロット専属の女性騎士達を引き連れて貴久の捜索を行っていた。サラの契約精霊であるヘルも大型犬のサイズで実体化して同行し、サラ達を先導している。

昨夜は土砂降りの雨が降ったせいで貴久の捜索は中断された。雨のせいで貴久の匂いはだいぶ水に洗い流され、追跡も難しくなってしまった。だが、精霊術で身体強化を施したヘルやサラの嗅覚も並みではない。

昨日のうちにお城の捜査隊が追跡できていた箇所から捜索を引き継ぎ、早朝から何時間もかけて匂いを追ったことで、ようやく王都の娼館街にたどり着こうとしていた。娼館街に繋がる通りの入り口で、いったん立ち止まると――、

「間違いないですね。この先に匂いが続いているみたいです」

と、サラが同行している若い女性騎士達に告げた。

「この先は……、どうやら娼館街のようです」

指揮官を務めるルイーズという女性騎士が、地図を確認しながら言う。娼館街には良い印象を抱いていないのか、渋い顔つきをしていた。

「しょうかんがい？」

サラは単語の意味すらわかっておらず、不思議そうに首を傾げる。精霊の里にはそもそ

も娼館街が存在しないので、当然の反応だった。

「その、性を、売り物に……、ごほん。あまり治安の良い区画ではありません。今は日中なので問題ないでしょうが、気をつけて進みましょう」

ルイーズは説明していて気恥ずかしくなったのか、咳払いをして誤魔化す。

「わかりました」

そうして、サラ達は身構えて娼館街に入っていった。

（この匂いは……）

明るいこの時間帯は人通りもほとんどなく閑散としている娼館街だが、一帯には独特の香りが色濃く染みついていた。それで現在地がどういう場所なのか、サラも気づいたらしい。ほんのりと頬を赤らめると――、

「……こっちです」

軽く咳払いをして、女性騎士達を大通りから外れた路地裏に誘導した。ただ、そこは行き止まりで――、

「おや、ここは……、行き止まりですね」

と、ルイーズが路地裏を見回して言う。

「……ここでしばらく留まっていたみたいですね。たぶん座り込んでいたんでしょう」

　サラが特に匂いが濃い場所を指さして説明する。

「そんなことまでわかるとは……、すごい。サラ殿とヘルにかかれば追跡を逃れることはできませんね」

　ルイーズが瞠目してサラとヘルを褒め称える。

「いえ。引き返しましょうか。ここからどこに移動したのか、調べてみます」

　サラは少しだけ照れ臭そうにかぶりを振ってから、娼館街の大通りへといったん引き返した。今度は別の路地に貴久の香りが続いていることに気づき、失踪した貴久の道のりを追っていく。

　それから、娼館街の路地裏を少しずつ進んでいくと、サラとヘルはとある建物の前で立ち止まった。そして――、

「この建物に入っていったみたいです」

　と、サラが建物を見上げて報告する。そこはジュリアがつい昨日まで勤めていた娼館だった。すると――、

「…………」

　女性騎士達は皆、気まずそうな顔になる。傷心して失踪したとはいえ、まさか勇者が娼館に駆け込んだとは、思いたくなかったのだろう。

「……同行者もいたみたいですね。たぶん、若い女の子だと思います」

サラが躊躇いがちに情報を付け加える。

「そう、ですか。ここに……。わかりました。入って話を……」

ルイーズが溜息をつき、中に入ろうと提案しようとすると——、

「……ちょっと待ってください」

サラがルイーズを制止した。

「どうかしましたか？」

「建物脇の路地にも匂いが続いているみたいです。袋小路になっているみたいなので、先にそちらを見てみませんか？」

そう言って、サラは娼館脇に伸びる路地を指さした。

「わかりました」

そうして、一同で建物脇の袋小路に入る。といっても、小路はわずか十メートルくらいしか伸びておらず、他の建物の壁に阻まれて行き止まりになっている。一同、入ってすぐのところで立ち止まると——、

「タカヒサ様はここでいったい何をなさっていたのでしょう？」

ルイーズが小路を見回しながら、不思議そうに首を傾げた。娼館脇の小路が行き止まり

になっているのは、入るまでもなく見ればわかる。特に何かがあるわけでもないので、わざわざ袋小路に入った必要性が感じられなかったのだろう。ただ――、

「…………」

サラが険しい顔になり、ヘルを連れて行き止まりの路地を進む。そして、ある場所でしゃがみ込む。そこはちょうど若旦那が死んで倒れた場所だった。既に若旦那の亡骸は運ばれ、血も雨で洗い流されているが――、

(間違いない。血の臭いがする……)

と、サラは残り香を嗅ぎ取って確信した。問題はこの血が誰のもので、どうして出血に至ったのかということだ。流石のサラでもそこまではわからない。だから――、

(……この辺りを動き回った？　建物に一緒に入った女の人の香りもする。ここで誰かが血を流したこととタカヒサさんとに関係はあるのかな？)

様々な可能性が思い浮かび、サラは袋小路を見回しながら首を捻った。

「サラ殿、どうかなさったので……」

ルイーズがサラの背中に声をかけようとすると――、

「なあ、姉さん達」

男の声が響いた。娼館の玄関付近にいかにもゴロツキふうの男が十人くらい立っていて、

その内の一人が袋小路にいるルイーズ達に声をかけたのだ。

「……何者だ、貴様ら？」

ルイーズが険しい顔で誰何し、腰の鞘に手を伸ばす。同行していた配下の女性騎士四名も同様に、鞘に手を走らせた。

「おおっと、待ってくれよ。別に貴族の騎士様達を襲うつもりはねえんだ」

先頭に立つ男が大仰に両手を上げて、戦闘の意思がないことを告げる。そして――、

「俺はノーマンといって、この辺りを仕切っている男だ。ここに建っている娼館のオーナーでもある」

と、ノーマンは娼館の建物を見上げながら自己紹介をした。殺害された若旦那の伯父であり、失踪した貴久とジュリアを捜索させている人物でもある。

「……ちょうどいい。そこの娼館に用があったんだ。話を聞かせてもらおうか」

ルイーズがわずかに抜きかけた剣を鞘に戻して告げた。ただ、やはり警戒心は抱いていて、目つきは鋭いままだ。

「ほう。こんな場末の娼館街に、若くて美しい女性の騎士様達がねえ」

ノーマンは舐めるような視線でべっとりとルイーズ達を観察する。そして袋小路の奥にしゃがんでいたサラを発見すると、実に強く目をみはってから――、

「就職に来たんなら大歓迎ですぜ。ちょうどうちの娼婦が一人、姿をくらませやがって人員を補充しなければならなかったんだ。奥にいる銀髪の姉ちゃんなんかとんでもねえ上玉だ。一晩で何十枚も金貨が稼げるかもしれねえ」

と、下卑た笑みを覗かせて語った。

「無礼者！」

ルイーズが鞘に収めた剣を再び抜き放とうと手を伸ばすと――、

「おおっと、だから争うつもりはねえんだって。これだけの美人さん達が勢揃いして娼館街にやってきたんだ。万が一にも就職希望って可能性もある。声をかけねえ方が失礼ってもんですぜ」

ノーマンが慌ててルイーズを諫め、両手を前に上げて無抵抗をアピールした。

「……ちっ、我々はこの場所へ調査に来ただけだ。素直に質問に答えるのなら見過ごしてやるが、次に下衆な勘ぐりをしたら容赦はしないと思え」

ルイーズは舌打ちして剣を収め、聴取を優先させようとした。

「なるほど、調査ねえ……。ですが、うちは真っ当に商売しているつもりなんですがね。いったい何を調べたいんで？」

ノーマンは飄々と肩をすくめつつ、鋭い目つきでルイーズを見つめる。

「十代半ばの少年を捜している。髪は茶色がかった黒髪で、体型は細身。背は百七十から百八十程度。仕立ての良い服を着ていたはずだが、昨日、ここの娼館に来なかったか？」

と、ルイーズが貴久の特長を伝えると、ノーマンの顔つきがわずかに鋭くなった。

「……一応、うちは高級店でね。信用が第一なんだ。仮にその坊ちゃんが足を運んでいたとして、ぺらぺらと顧客の情報を喋るわけにはいきませんな」

「……答えるつもりはないと？」

「まあ、そういう義務があるんなら話は別ですがね。少なくともそちらがどこの所属なのかもわからない状態で、ぺらぺら喋るわけにいかないと申し上げているんです」

「我々は王家に仕える王城の騎士だ。今は国王陛下からの勅命で調査を行っている。王国に暮らす臣民には調査に応じる義務がある」

ルイーズは自分達の素性を明かして、王家の紋章が刻まれた金属製の札を提示した。

「ほう、なんと国王陛下の……！　となれば、その王国に暮らす臣民としては、お答えしないわけにもいきませんなあ」

ノーマンは茶番めいた物言いで聴取に応じる。

「で、特徴に合致する少年は来たのか？」

「ええ、まあ。うちが明かしたとは言い触らさないでくださいよ。対応したのは俺じゃねえが、来たみたいだ。うちほどの高級店となると貴族の客も珍しくないが、立派な服を着ていたから目立ったみたいでね。なんでもみすぼらしい女とやってみたかったと、言っていたとか」

ノーマンはそう答え、へへっと下衆な笑いを含ませた。

「……そうか。来たのか……」

ルイーズは深い溜息をつき、頭が痛いと言わんばかりに額を押さえる。

「で、皆さんはどうしてその坊ちゃんを捜しているんです？　いったい何者で？」

「重要な人物だからだ。余計な詮索はするな。それより、その少年がどこに行ったか、心当たりはあるか？」

「いや、残念ながら店を出た後の行方までは流石に。本当に、残、残、残念なことに……」

ノーマンは感情を押し殺したような笑顔で答えた。

「……そうか」

「私からも一つ質問があります。ここの袋小路で誰か大怪我をされたか、お亡くなりになったんですか？」

サラが立ち上がり、若旦那が殺された場所を見ながらノーマンに質問した。

「あ……？」

「血の香りが濃く残っています」

「っ……」

どうしてわかるんだと、ノーマンの目が驚愕で開かれる。ただ、大型犬サイズの銀狼として実体化しているヘルを見て、得心したような顔にもなった。

「そうなのですか!?」

ルイーズがぎょっとしてサラに尋ねる。

「ええ。血の臭いとは別に、彼の匂いもわずかに漂っています。ここで流された血と我々が捜している少年との間に何か関係があるのか、聞かせてくれませんか?」

と、サラは実に堂々と尋ねて、ノーマンを見据えた。

「いや、すげえな……。確かに、つい先日、ここで亡くなった奴がいるんだ。もしかしてそこのワンちゃんなら誰が殺したのかまでわかるのか?」

ノーマンがヘルを見やりながら、サラに問いかける。

「……いえ、他の人の匂いもたくさん残っていますし、そこまでは」

「そうか……」

サラはゆっくりとかぶりを振った。

「おい。それより質問に答えろ。我々が捜している少年とここで流された血に関係はあるのか？」

　万が一の事態を想像したのか、ルイーズが語気を荒くして訊いた。

「いや、関係ないですぜ。ちょいと刃傷沙汰があったんだ。被害者は俺の甥っ子だ。その坊ちゃんじゃない。どうして坊ちゃんの匂いがするのかまではわからねえわ」

「そうか……。すまないな。悪いことを聞いた。犯人がまだ見つかっていないのなら、私の方から警邏隊に口添えしておくが……」

「いや、それには及ばない。既に解決に向かって進みだしているからな」

　ノーマンは即答して断った。

「……そうか。少年の行方について知っている者がいないか、よかったら改めて調べてみてくれないか？　有力な情報には報奨金も出る。また改めて調査に来るだろうが、何かあれば詰め所に顔を出してくれ」

「ほう、そりゃあ随分と大盤振る舞いなことで。これでも娼館街以外でも顔が利くんでね。その坊ちゃんの情報、なんとしても掴んでみせましょう」

「期待するとしよう。では……」

　ルイーズはサラや部下の女性騎士達に目配せをして、袋小路を立ち去ろうと意思の疎通を図る。それを見計らって――、

「よし、俺らは娼館に戻るぞ」

ノーマンもゴロツキ達を率いて、娼館に戻っていく。

「……次はあちらに行ってみましょう」

サラはヘルと共に匂いを嗅ぎ取り、次に進むべき方角を指さす。そうして一同は調査を再開し、貴久がいた娼館から離れていく。ただ、十数メートルほど進んだところで、サラが来た道を振り返って娼館脇の袋小路の入り口を眺める。

（あそこに漂っていた血の匂い。極わずかにですが、タカヒサさんの匂いと混じり始めたような……）

サラは雑念を振り払うように首を左右に振って、袋小路から視線を外した。

一方で、ノーマンは娼館の玄関をくぐるや否や――――、
「ふん、国王が直々に派遣した騎士様達が娼館街まで出張ってくるとはな。ニック、お前が貴族街から持ち帰ってきた噂、マジみてえだな」
と、隣を歩く傭兵のニックに声をかけた。

　今朝方のことだ。ニックは王都の貴族街で情報収集を行い、ノーマンにとある噂を持ち帰った。すなわち、ガルアーク王国城に滞在している勇者の一人が失踪した。昨日から行き先がわかっておらず、王城では騒ぎになっている。と。そしてつい今しがた、国王が派遣した騎士達が娼館まで調査に来た。となれば――、

「ですね。まさか伝説の勇者様が娼館へ女遊びに来ていたとは。半信半疑でしたが、これで若旦那を殺した犯人は確定したに等しい」

「ああ、なんとしても城の連中よりも先にその勇者を見つけるぞ……」

　ノーマンが抑えきれない怒りを沸々と滲ませて宣言する。が――、

「……ですが、城の捜索隊が本腰を入れて捜索しているとなると、まずくないですか？」

　ゴロツキの一人が恐る恐る意見を口にした。

「あ？」

「さ、先に確保するのは難しくないかもしれませんが、連中、犬に匂いを辿らせて追跡していました。だから俺らが先に確保したところで、バレちまうんじゃ？　勇者様を殺してしまうのも、国に逆らうのも、流石にまずいでしょうし、俺らで確保した勇者を国に引き渡せば報奨金だってたんまり貰えるんじゃないかなと……」

　睨まれたゴロツキが、ビクつきながら復讐に反対する理由を語る。すると――、

「確かに……」「勇者様を殺すのはまずいよな」「見つけて引き渡せば報奨金は相当なものになるんじゃねえか」

などと、他のゴロツキ達も復讐に反対する意見に賛同した。

「てめえら、大物が出てきたからって芋引いてんじゃねえぞ！　誰がここまで娼館街を栄えさせたと思っている⁉　国王じゃねえ、勇者でもねえ！　俺らだ！　俺は王国に暮らす臣民とやらになった覚えはねえぞ！　娼館街は俺らの国だ！」

ノーマンは権力に臆さなかった。可愛い甥っ子を殺されてしまった恨みが、権力への畏怖を上回った。

「…………」

ゴロツキ達は萎縮して押し黙ってしまう。

「いいか？　サミーを殺したガキを見つけた奴にはたんまりと金貨をくれてやる。相応のポストを与えてやってもいい。たとえ勇者だろうが、国王だろうが、俺は引くつもりはねえからな。引きたい奴は勝手にすればいいが、二度と俺の目が届く範囲で生きていけると思うなよ？」

ノーマンは飴と鞭を使い分け、褒美をチラつかせた。すると、リターンがリスクを上回り、ゴロツキ達が目の色を変える。

「成り上がりてえなら、とっとと動け！　ジュリアがガキを連れて外套を買ったことはわかっているんだ。そこからどの辺りの宿に泊まったのかも絞り込めている。競争相手は城の連中だけじゃねえ。現場で張り込んでいる奴らに先越されるぞ！」

ノーマンが発破をかけると、ゴロツキ達は慌ただしく駆けだして娼館を去っていく。

（……城の連中に匿われたら手出しができなくなる。ぜってぇ逃がさねえぞ。奴が勇者だろうが、関係ねえ。俺がこの手でケリをつけてやる）

ノーマンが燃やす復讐の炎は、貴久とジュリアにじわじわと迫っていた。

◇　◇　◇

それから、小一時間が経っただろうか。

お昼頃。ガルアーク王国王都の市場がある区画でのことだ。

建物が複雑に乱立しているせいで入り組んだ路地裏の通路に、ひっそりしたたたずまいの古びた店があった。その玄関から、外套のフードを被ったジュリアが出てくる。

「ふふ……」

ジュリアは財布の小袋を眺め、嬉しそうに口許をほころばせている。中には貴久の服を売って得られた金貨二枚と大銀貨六枚が入っていた。ジュリアがもともと持っていた貨幣と合わせると、これで全財産は金貨四枚近くになる。

（これだけあれば、しばらくは旅をすることだけに専念できそう）

このお金を使って、逃げられるだけ逃げるんだ――と、ジュリアはまだ見ぬ明日に思いを馳せた。

（このお金で、タカヒサと……）

ジュリアはお金が入った小袋を大事そうに懐へ忍ばせ、頭上を見上げる。親の借金を背負わされて娼婦になったジュリアに、頼れる人なんて誰もいなかった。だから、一人で逞しく生きていこうと誓って生きてきた。

閉ざされた娼館の部屋では明日を夢見ることなんてできなくて、今日と変わることのないどん底の日々がずっと積み重なっていくのだと思っていた。けれど、今は違う。

今日の空は驚くほど眩しく感じた。今日とは違う明日が待っているのだと、信じることができる。貴久がジュリアの明日を変えようとしてくれている。だから、ジュリアにとって貴久との出会いはきっと運命だった。

だって、貴久とジュリアはお城と娼館というまったくの別世界で暮らしていて、およそ接点を持ちようがない赤の他人だったのに、今では運命共同体になっている。

（待っていてよね、私の王子様……。ううん、勇者様か）

会いたい。今すぐ貴久に会いたい。会って、貴久を抱きしめたい。貴久を肌で感じていたい。ジュリアは今すぐ会いたい衝動を抑えきれず、貴久が待つ安宿に向かって足早に歩きだした。けど……。

反面、怖くもあった。少しでも油断すると、恐怖心に侵食されて胸いっぱいの幸せが真っ黒に塗り潰されてしまいそうになる。

もしかしたら今この瞬間にも、若旦那が所属していた組織の連中が報復にやってくるのではないか？　そう思うと、怖くて怖くて仕方がない。

出発は明日の朝。それまで見つからずにやり過ごせれば、きっと素晴らしい明日が待っている。だから――、

「…………………」

ジュリアは恐怖心を置き去りにしようと、やがて小走りで駆け出す。麻の袋のような布が目の前に映り、ジュリアの視界が真っ暗になったのは、その直後のことだった。

そして数時間後。もう夕暮れが近い時刻のことだ。

（おかしい……）

千堂貴久は不安に苛まれ、安宿の室内をそわそわと歩き回っていた。

「二、三時間で帰ってくるって言っていたのに……」

いつまで待っても、ジュリアが帰ってこない。何かあったんだろうか？

（まさか、連中に捕まった？）

嫌な予感が貴久の脳裏をよぎり――、

「…………っ！」

貴久は外套を羽織り、フードを被ってから部屋を飛び出す。ジュリアからは部屋を出るなと言われていたが、不安で仕方がなかった。

もしジュリアが帰ってきた時に行き違いにならないよう、宿の玄関が見える範囲をぐるぐるとうろつく。二、三十分は宿屋の玄関付近をうろうろしていると――、

「よう、兄さん」

数人の男達が貴久に近づいてきて、声をかけてきた。いかにもゴロツキ風で、あまり柄が良さそうではない。

「…………なんですか？」

　貴久は外套のフードを深く被り直し、露骨に警戒して応じる。

「あんたさっきからすげえ不審な動きしているけど、どうした？」

「……別に、人を捜しているだけです。それが何か？」

「もしかして、ジュリアって女を捜しているのか？」

「っ……!?」

　ジュリアの名前が出てきて、貴久がわかりやすく動揺する。

「当たりみたいだな」

「よし！」

　男達は嬉しそうにガッツポーズをとった。

「……なんなんですか、貴方達は？」

「あの女が服を売りに行った店の店主、俺らの息がかかった店なんだ。今あんたが着ている外套を買った店もな。こう言えばわかるか？」

「っ、ジュリアに何をした!?」

　貴久は警戒を超え、敵意を滲ませて尋ねた。

「あいつ、あんたの居場所を吐かなくてな。潜伏していそうな場所にだいたいの目星はつけてあったから、しらみ潰しに張っていたんだ」

「呑気に出歩いてくれて助かったぜ」

ゴロツキ達はフッと笑って、得意げに状況を説明する。

「ジュリアは無事なんでしょうね⁉」

貴久はすっかり取り乱し、ゴロツキに掴みかかった。

「……それはあんた次第だろ？」

「っ……」

「手、放してくれるよな？」

「くっ………」

貴久は身体を震わせ、悔しそうに手を放す。

「俺らのボスがあんたを捜している。来いよ」

ゴロツキは心理的優位に立って冷笑し、貴久に命令する。そうして、貴久はゴロツキ達と一緒にジュリアが拉致された場所へ向かうことになる。貴久が泊まっていた安宿にサラ達がたどり着いたのは、そのわずか数分後のことだった。

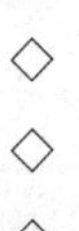

いよいよ日が暮れた頃。

「ここだ」

貴久はゴロツキ達に連れられ、再び娼館街を訪れた。そしてとある建物にたどり着く。

「ここは……」

貴久はその建物に見覚えがあった。そう、ジュリアが勤めていた娼館だ。玄関をくぐって受付のロビーに入ると――、

「ちょっと待ってろ」

ゴロツキの一人がそう言って、上の階に上がっていった。

「…………」

受付には前回、貴久が入店した時と同じ男が店番として座っている。ただ、初めて会った時とは違って、包帯がぐるぐると巻かれて肩や足を固定していた。そして恨み殺さんばかりに、貴久を睨みつけている。若旦那を殺された一件で、ノーマンから理不尽に暴力を振るわれたのが理由なのだが――、

「…………」

貴久は睨まれる理由がわからず、針のむしろに置かれる。すると、やがて階段を上っていったゴロツキが戻ってきて――、

「ついてこい」

と、貴久を上の階に誘った。

「おら、歩け」

「わかっていますよ」

傍にいたゴロツキに背中を押され、貴久はムッとして階段を上る。向かった先は二階にあるジュリアの部屋だった。扉を開けられ、中に入ると――、

「よお、待っていたぜ？」

ノーマンがベッドに腰を下ろしていて、貴久を迎えた。

「ジュリアは？」

貴久はすかさず室内を見回して尋ねる。部屋にジュリアの姿が見当たらない。いるのはノーマン一人だけだった。

「慌てなさんな」

ノーマンがそう告げて、ニヤリと笑うと――、

「っ!?」

貴久の後頭部に強い衝撃が加わり、視界がぐらりと揺れる。

「え……？」

何が起きたのかわかっておらず、貴久は倒れながら後ろを見ようとした。それで朧気に視界に映ったのは、ノーマンが雇う傭兵ニックの胸元で……。

貴久は意識を失った。

日が暮れて空が完全に暗くなり、夜になった頃。

サラは貴久が宿泊する宿屋を特定したタイミングで捜索を別働隊に引き継ぎ、お城に帰還していた。国王フランソワが使う応接室に美春、亜紀、雅人、沙月、シャルロット、リリアーナを呼び寄せ、調査を行ったルイーズと一緒に状況を報告する。

「というわけで、捜索は本隊に引き継ぎました。リリアーナ様の護衛騎士の皆様にも同行していただいております。タカヒサ様が宿に帰還次第、説得を試みる手筈です」

だから、タカヒサがお城に戻ってくるのも時間の問題だろう——と、ルイーズは説明を締めくくった。すると——、

「サラ様もルイーズ様も、早朝から出ずっぱりで捜索してくださり、誠にありがとうございました」

　リリアーナがソファから立ち上がり、サラとルイーズに向けて深々と頭を下げる。

「私は同行しただけですので。サラ殿がいらっしゃらなければ、ここまで早く宿泊先を見つけることはできなかったでしょう」

　ルイーズがかぶりを振って、サラを見る。

「いいえ、ルイーズさん達が道案内をしてくださったのでスムーズに移動できたんです。王都が広くて私一人では迷子になっていたでしょうから」

「サラちゃん、ルイーズさんも、本当にありがとうございます」

　美春も立ち上がり、サラとルイーズに頭を下げた。

「ありがとうございます！」「ありがとうございます」

　亜紀と雅人もすぐに美春に続く。そして――、

「本当、申し訳ないです。うちの兄貴が……」

　雅人は続けて、一同に向けて謝罪の言葉を紡いだ。

「マサト様が謝ることではありません。タカヒサ様をサポートするのが私の役目。それをきちんと果たせなかった私が悪いのです」

　リリアーナが雅人を擁護し、自分が悪いと言う。

「いいえ、それを言うなら私が感情的になって貴久君の頬をはたいてしまったせいで」

美春も自分が悪いと主張し――、

「そんなことない！　私だってお兄ちゃんのこと、ちゃんと支えられなかったから！」

亜紀も自分のせいだと言う。沙月がそんなみんなを見て、溜息をつく。

「はい、そこまで！　ストップ、ストップ！」

沙月が声を張り上げ、美春達に呼びかけた。皆（みな）の注目が沙月に集まり――、

「とりあえず貴久君の宿泊先もわかったことだし、一つ、ハッキリさせておきましょ。この件、みんなは誰も悪くない。悪いのはどう考えても貴久君一人でしょ。だって、貴久君がやっていることはゴネ得よ、ゴネ得」

と、沙月はきっぱりと主張した。

「ゴネ得、ですか？」

言葉の意味がわからず、シャルロットが不思議そうに首を傾げる。

「常識的に考えて自分の思い通りに事態が推移しそうにない時に、理不尽な不平や不満をしつこく言い続けた者が周囲を譲歩（じょうほ）させて得することよ」

ごねた者が得をする。だからゴネ得というのだ――と、沙月は説明した。

「なるほど、面白（おもしろ）い言葉ですね」

宮廷（きゅうてい）で頻繁（ひんぱん）に見かける状況だわ――と、シャルロットはくすくすと笑って得心する。フ

ランソワも面白く思ったのか、フッと口許をほころばせていた。

「美春ちゃんのことで自分の思い通りにならないからって、家出して周囲に罪悪感を抱かせる。それが貴久君のやり方なんだって、私は思ったわ。実際、みんな自分が悪いって思っているわけでしょ？　もしかして、帰ってきたら対応を変えてあげた方がいいのかもって思っている？」

「……………」

沙月に問いかけられ、美春、リリアーナ、亜紀、雅人は気まずそうに押し黙った。

「案の定みたいね。だから、ちゃんとハッキリさせておきたいのよ。みんなは悪くない。貴久君のゴネ得を許しちゃ絶対に駄目よ」

沙月はやれやれと溜息をついてから、美春達に言い聞かせた。

「私もサツキ様の考えに同感です。ここでタカヒサ様を甘やかしてしまうと、ごねれば主張が通るという先例をタカヒサ様に与えてしまうことになりますから。それはタカヒサ様のためにはならないでしょうし、皆様の今後の負担にも繋がるでしょう」

シャルロットが率先して沙月に同意する。

「その通り。これで貴久君が味を占めて、次もまた同じ事を繰り返したらどうするのって話よ。そういう状況にならないように、貴久君が望む通りの状況をみんなで用意し続けるの？　嫌なことを嫌って言えないのは相当なストレスになると思うわよ。一番我慢を強いられるのは美春ちゃんだろうし」

無制限に甘やかすことなんてできるはずがないのだ――と、沙月はシャルロットの発言を踏まえて美春達に訴えかけた。それで――、

「……そうだよな。ここで兄貴を甘やかすのは違うし、美春姉ちゃん達が責任を感じるのも違うと俺も思う。兄貴がリリアーナ姫に云った言葉は最低だった。俺はあの発言を絶対に許すことはできない。美春姉ちゃんが兄貴をビンタしたのだって当然だった」

と、雅人は貴久がやらかしたことを改めて振り返り、沙月の意見に賛同した。

「そうよ。貴久君がやったことを忘れちゃ駄目。だから美春ちゃんも亜紀ちゃんもリリアーナ王女も。今回の件で責任を感じる必要はない。むしろ怒ってもいいくらいよ。悪いのは貴久君。いいわね？」

その言葉通り、貴久に怒っているのだろう。沙月が美春と亜紀とリリアーナを見て、言い聞かせるように問いかける。

「えっと……」

美春が戸惑うが――、

「いいわね？」

「は、はい……」

沙月に圧され、おずおずと頷いた。

「はい。じゃあ次は亜紀ちゃんとリリアーナ姫も。いいですね？」

「えっと………」

亜紀もやはり躊躇いがあるらしい。ただ、亜紀の場合は貴久が悪いとしても、その上で妹として兄に寄り添ってやりたい気持ちもあるのだろう。一方的に言い寄られて、その気がない美春とはまた事情が異なる。だからか――、

「……悪いのは貴久君だけど、その上で亜紀ちゃんが貴久君を支えてあげるのはまた別の話よ。亜紀ちゃんがそうしたいのなら、そうすればいい」

沙月は亜紀の立場を踏まえて説明を補足した。沙月の言葉がしっくりきたのか――、

「はい！」

亜紀がしっかりと頷く。

「……私もアキ様と同じく、今後もタカヒサ様をサポートしていければと思います」

リリアーナも亜紀に続いた。

「はい。じゃあ、以後この件で話を蒸し返すのは禁止ってことで」

沙月は両手を合わせてパンと音を鳴らし、話をまとめる。その上で、美春達がいらぬ責

任感を抱かないようにと思ったのか、あるいは単に心底呆れているのか――、

「というか、アレだけ美春ちゃんのことで騒いでいたくせに、娼館に駆け込んで別の女の子とよろしくしているのはどうなのって話よ！　しかも同じ宿屋で一緒に泊まっているとか、お持ち帰りってこと⁉」

沙月は貴久が城を抜け出した後の行動について、頬を赤らめて憤りを顕わにした。

「まあまあ。そこはほら、殿方は溜め込まれると色々と大変でしょうから」

シャルロットはくすくすと笑って、冗談っぽく合いの手を入れる。

「いや、まあ、それはそう、なのかもしれないけどさあ……」

沙月はさらに頬を紅潮させて、年頃の女の子らしい反応を見せた。すると――、

「……ですが、一つ疑問があります」

リリアーナが口を開き――、

「タカヒサ様は自由に使える貨幣を所持していなかったはずなのです。いったいどこでお金を手に入れて、娼館や宿屋を利用しているのか……」

と、腑に落ちない点について触れた。

「そう、なんですか？」

「はい。必要な物があればすべてこちらでご用意していたので……」

「……貴久君がガルアーク王国に来る前に誰かからお金をもらっていたか、貴久君が一緒にいる女の子がお金を払っているとか？」

沙月が思いついた可能性を口にする。

「私もそういう可能性しか思いつかなかったのですが……」

「いずれにせよ、貴久君がお城に戻ればわかることだと思いますし、戻ってきたら聞いてみましょう」

「……そうですね。タカヒサ様に金銭を渡した者がいないか、今から国の者にも問い合わせてみます」

貴久が今どんな状況に置かれているのかも知らず、こうして、この場はいったんお開きとなった。

◇　◇　◇

ガルアーク王国王都。娼館街のどこかで。

ざばんと、水を浴びせられ――、

「う……」

貴久の意識が覚醒した。

「よお、坊ちゃん」

ノーマンの冷ややかな声が響く。

「うぁ……」

貴久が重い瞼をおもむろに開けると、目の前の景色がぼんやりと映り出した。

眼前にはノーマンが脚を組んで木製の椅子に座っていて、貴久を見下ろしている。隣には傭兵のニックが立っていて、貴久を娼館まで連れてきたゴロツキ達の姿もあった。

だが、視界に映る彼らの向きがおかしい。ちょうど九十度、回転させたような見え方をしていることから、貴久は自分が床で横向きに倒れていることに気づいた。

（ここは……）

娼館にあるジュリアの部屋ではない。ジュリアの部屋の内装は木製だったが、貴久が今いるのは床も壁も天井もすべてが石造りの部屋だった。窓一つ見当たらず、魔道具の灯りだけが室内を照らしている。

（娼館、じゃない？）

地下室だろうか？　ジュリアの部屋を訪れたところまでは記憶があるが、意識が戻ったばかりだからか思考が鈍い。

それに、立ち上がろうとしても手足が動かない。枷で厳重に拘束されているのが理由だった。いつの間にか、魔封じの首輪も嵌められている。

「城の騎士達があんたを捜していてな。連中、訓練された犬を使ってあんたの匂いを辿ってきやがる。だからちょいと場所を改めさせてもらった。ここは特別な上客だけが使える娼館の地下室でな。ここなら匂いを辿られても見つかることはない」

騎士達が改めて調査に来たとしても、二階にあるジュリアの部屋に案内すればここで何をしようが疑われることもない――と、ノーマンは貴久に状況を説明する。

「ジュリアは……？」

「おいおい、真っ先にあんな薄汚い売春婦の心配かよ。お優しいなあ。流石は伝説の勇者様ってか？」

ノーマンは馬鹿にしたように笑い、同意を求めるように周囲にいる部下達を見回した。

「へへ」

ゴロツキ達は同調して嘲笑をたたえる。

「……ジュリアは関係ない」

ジュリアを蔑まれたからか、貴久が敵意を滲ませて訴えると――、

「あ？」

ノーマンが強い怒気を滲ませた。椅子から立ち上がり、貴久に駆け寄るとその勢いで思い切り腹部をトーキックする。

「ぐぅっ!?」

貴久の身体が軽く宙に浮き上がった。内臓を打ち抜かれ、胃液を吐き散らしながら床を転げ回る。ノーマンはそんな貴久に再び近づき、髪を鷲掴みにして持ち上げた。

「関係ねえことはねえんだよ。あいつはサミーを殺したてめえを匿った。そうでなくとも娼婦が客と姿をくらませる足抜けは御法度、重罪だ。殺すのは確定だが、楽には殺せねえよなあ?」

と、ノーマンは凄むように語り、至近距離から貴久を睨みつける。

「ち、違っ!」

貴久が慌てて何か言おうとすると――、

「うるせえ、黙れ!」

「うがっ……」

ノーマンは髪を掴んだ貴久の顔を床にぐりぐりと押しつけた。

「おい、あの女連れてこい」

「うす!」

ノーマンに指示され、ゴロツキ達が扉を開けて通路に出て行く。そして数十秒もしない内に戻ってきて――、

「おら！」

縄で手足を縛られたジュリアを、床に投げつけた。

「きゃっ……」

ジュリアが勢いよく転び、貴久の前に倒れた。

「っ、ジュリア！」

貴久が血相を変えて名前を呼ぶ。二人の目線が重なり――、

「タカヒサぁ……！」

ジュリアはくしゃくしゃに顔を歪めた。どれほど泣いたのか、瞳は真っ赤に充血し、瞼もみみず腫れしたみたいに膨れ上がっている。それに、鼻血でも大量に流したのか、彼女が愛用していたボロい服が赤く染まっていた。

「な、何があったんだ!? 服、真っ赤じゃないか!? 血!?」

貴久はひどく驚き、声を裏返らせる。

「ご、ごめ、ごめんっ、ごめんなさい、私っ！」

「謝る相手がちげえだろ、ジュリアぁ！」

ジュリアはぼろぼろと涙をこぼし、わんわんと泣いて謝罪の言葉を紡いだ。だが、ノーマンがジュリアの髪を掴んで引っ張る。

「ひっ……」

「ジュリアに何をした⁉」

恐怖で顔を引きつらせたジュリアを見て、貴久が叫ぶ。

「治癒魔法ってのは便利だよなあ。怪我した直後に魔法をかければ綺麗に傷は治る」

ノーマンはそう告げて、含み笑いをする。

「っ、何をしたと訊いているんだ！」

「別に大したことはしてねえよ。お前の居場所を吐かせようとしただけだ。今後もしばらくは売り物にするからな。ちゃんと加減はしてやったぜ？　魔法で治癒もしてやった」

「殴ったのか⁉　ジュリアの顔を！」

「結局、口は割らなかったけどな。言わない、絶対答えないの一点張りだった。けど、自分が捕まったせいでお前も捕まったと聞いて、心が折れたらしい」

それでご覧の有様だ——と、ノーマンはせせら笑った。

「なんてことをするんだ⁉」

貴久が激昂して金切り声を上げるが——、

「ああ⁉　それはこっちの台詞だ、クソ野郎が！」

ノーマンは水が一瞬で沸騰したみたいに怒り狂い、貴久の顔面を蹴り飛ばした。

「うぶぁっ⁉」

貴久は強く仰け反って吹き飛ぶ。同時に何本も歯を折り、口からドバドバと血を垂れ流した。

「タカヒサっ⁉」

ジュリアが縄で縛られた状態で無理に立ち上がろうとし、床で激しくのたうち回る。

「おい、ジュリア！　てめえ、少し優しく取り調べてやったからって、調子に乗ってんのか？　自分が今後も売り物になるからって、こいつみてぇにならねえって思ってんのか？　誰の許可を得て勝手に喋ってんだ、おい？」

ノーマンがジュリアに近づき、髪を掴んで引き寄せる。そして、床に飛び散った貴久の歯と血を無理やり見せつけた。

「ひっ……」

ジュリアの顔が恐怖で引きつる。

「歯がねえ方が都合が良い場所もあんだぞ？　てめえをそこにぶち込んでやってもいいんだぞ？　歯はな。抜けると治癒魔法でも生えてこねえぞ、なあ、おい。今ここでひっこ抜いてやろうか？」

ノーマンは広い肩を大きく揺らして、げらげらと哄笑した。

「あ、ぁ、うう……」

ジュリアが震え、ぼろぼろと涙を流す。すると――、

「ぁ、ぁめ、ろ……」

貴久が床に転がりながら、ノーマンを制止しようと口を動かした。

「……あ？　今なんて言った？」

ノーマンはピタリと笑うのを止めて、ジュリアの髪を放して立ち上がった。そして再び貴久に近づいていき、耳を近づける。

「ぁ、あめろ……」

と、貴久はろれつの回らない声で言う。

「あー、止めろ？」

ノーマンは首を傾げ――、

「お前まだ状況がわかっていねえのか？　ここはな、俺の国だ。俺が王だ。伝説の勇者様なんざウジ虫以下の存在だぞ？　なのになんでお前が俺に命令してんだ？　王様にモノを頼むんだぞ？　頭を地面にこすりつけて、『止めてくださいませ。お願いいたします』だろ？

なあ、おい⁉」

貴久の後頭部を掴み、ぐりぐりと床に押しつけた。そして「さあ、言ってみろ」と言わんばかりに手を放し、立ち上がって貴久を見下ろす。

「っ……、や、めて、くだはいま、ひ。おれが、い、いたひまふ」

貴久は床にキスしたまま、全身を震わせた。そして悔しそうに、命じられた言葉をもごもごと口にする。だが――、

「全然言えてねぇよ、馬鹿ぁ！」

ノーマンはすかさず、貴久の後頭部を足で踏みつけた。

「ぐぁっ⁈」

「そんなにジュリアのことが大事なのか？　それとも大事なのは自分か？　なあ、どっちだよ？　伝説の勇者様はどっちを許してほしいんだよ、おい？」

「っぁ、ゆぃあを……、ゆ、ゆるひて、くだ、は……」

貴久は顔を床にくっつけたまま、許しを乞おうとするが――、

「駄目だ、ぜってぇ許さねぇ！」

ノーマンは緩めていた足の力を強めて、思い切り貴久の頭を何度も踏みつけた。ノーマンの容赦ないやり口を目の当たりにして、ゴロツキ達も顔を引きつらせている。

「うぎぉっ……」

貴久が口づけする床が、みるみる血でドス黒くなっていった。それに気づいたジュリアはどんどん顔を真っ青にして――、

「や、止めて！　止めてください！」

と、叫んだ。

「あぁ……？　おい、ジュリア、てめえ、俺がさっきなんて言ったか忘れたのか？　なに勝手に喋ってんだよ？」

ノーマンが足の動きを止めて、心底不思議そうにジュリアを見つめた。

「ぁ……。あ、あの……、でも……」

ジュリアはひどく怯え、俯いてノーマンから視線を外す。だが、それでも貴久の惨状が視界に映ると、勇気を振り絞り――、

「お、お願いします……。タカヒサのこと、許してあげてください。私、何でもしますから。一生、奴隷のままでいいですから。お金、たくさん稼ぎますから」

お願いします、お願いします――と、ジュリアは額を石畳の床にこすりつけて跪き、必死にノーマンに頼み込んだ。すると、流石のノーマンも面食らったのか、心の底から感心したみたいに瞠目した。

「…………おー、良かったなあ、坊ちゃん。ここまで言ってくれる女、まずいねえぞ？　お前、どうやってここまでこいつを惚れさせたんだよ？　すげえな、おい？」

ノーマンは貴久の頭から足をどけ、その場でしゃがみ込んで尋ねる。

「うー、ふうー……」

貴久は苦しそうに呻いていた。

「あー……、よし、ジュリア。それで――、お前の心意気に免じて、この坊ちゃんと少し話をする。お前はちょっと下がってろ」

ノーマンは満足そうにほくそ笑み、立ち上がってジュリアに命じる。

「ほ、本当ですか!?」

ジュリアは瞳に希望を宿し、嬉しそうに顔を上げた。

「ああ、本当だ。おい、ジュリアを連れてけ」

「お、お願いします！」

ジュリアはゴロツキの一人に抱えられて退室する最後の瞬間まで、希望を持って何度もノーマンに懇願していた。すぐに扉が閉まり、室内で床に転がるのは貴久だけになる。

「……おい、坊ちゃん。見たか？　あの女、本気でお前が助かるかもって思っていたみたいだぞ？　馬鹿だなぁ」

ノーマンはくつくつと笑い出し、貴久の髪を掴んで持ち上げる。

「なあ、坊ちゃん。いや、伝説の勇者様よ。お前が殺した男はな。俺の可愛い甥っ子だったんだ。だから、俺がお前を殺すのは確定なんだ。俺は絶対にお前を許さない。なのに、あの馬鹿女、あんなに嬉しそうに喜んで……」

ノーマンはおかしさを堪えきれないみたいに笑いを滲ませた。

「ぐううううっ！」

貴久は声にならない嗚咽を漏らす。

「とはいえ俺も鬼じゃない。お前と話をするって、約束したからな。もっと面白い話もしてやるよ。あの馬鹿女、たくさん金を稼ぐからとか言っていたけどよ。こっちはもとから死ぬまで金を稼がせるつもりなんだわ。なのに、アイツ、金を稼ぐことがさも交渉材料になると思って必死に……。くっ、くくっ、ぷっ、ははははっ！」

ノーマンは貴久の叫び声を無視し、野太い声で子供みたいにきゃっきゃと笑う。

「ぐぁうあぁあああああああっ！」

貴久は怒髪天を衝く勢いで、じたばたともがき始めた。手足を縛られ、魔封じの首輪で魔力の制御は難しくなっているはずだが、とんでもない馬鹿力で暴れようとする。

「おう、お前ら、コイツを仰向けにして押さえとけ」

ノーマンは嗜虐的な顔つきで、にんまりと配下のゴロツキ達に命じる。

「……うす」「うおっ、すげえ力だな」

屈強な男が二人がかりで貴久を押さえ込んだ。すると、ノーマンは腰の鞘からダガーを抜いて頭上から貴久に見せつける。

「おう、伝説の勇者様よ。これからサミーと同じ場所を刺してお前を殺してやる。体重を乗せてゆっくりと心臓に刺し込んでやるからな」

「うっ、うううっ！」

「安心しろよ。お前は生きているってことにして、あの馬鹿女にはしっかりと希望を持たせて働かせてやるからよ。率先してやべえ客ばっか紹介してやる。王都には金払いが良くてぶっ飛んだ嗜好の変態が腐るほどいるんだ」

「うううう！　ぁああああ！」

「普通は使い捨てにして提供するんだが、あの馬鹿女は特別だ。客をとる度に金を払って魔法で治癒してやる。魔法でも治癒しきれなくなって壊れるのが先か、心が折れて希望を失うのが先か、見物だな、おい」

などと、ノーマンは貴久を見下ろしながら愉悦たっぷりに言い聞かせた。

「ぐうううううううう！　ぎゅがうううううう！」

「ノ、ノーマンさん、やるなら早く！」

「こいつ、マジでとんでもねえ馬鹿力です！」

ゴロツキ達は全体重を乗せて暴れる貴久を押さえつけている。

「おうおう、情けねえ奴らだ。ニック、お前も足を押さえてやれ」

「……了解」

傭兵のニックはわずかな沈黙の後、肩をすくめて頷き、貴久の両足を押さえつけた。

「じゃあな、坊ちゃん」

ノーマンがダガーを逆手に持って、しゃがみ込む。

「ううううっ！」

貴久はボロボロと涙を流しながら、ノーマンを呪い殺す勢いで睨んだ。

そしてこの瞬間……。

貴久は悟った。

どうしようもない畜生がいる。この世には、本当に救いようがない悪魔みたいな人間がいる。と。

ゆえに心底、疑問に思った。殺しは絶対に駄目だなんて、以前の自分はどうしてあんなに頑なに主張していたのだろうか？　と。

だから、半ば神格化さえしていた価値観を変えるに至った。

殺しだ。殺すしかない。殺していい。今の自分が自由だったら、迷わず剣を振り抜いてこの男を殺している。いや、今この場にいる全員を殺してやりたい。と。貴久は生まれて初めて殺意を抱いた。けど、もう遅い。もう、手遅れだ。

「サミーの仇だ」

「うぐっ⁉」

貴久の身体がびくんと飛び跳ねた。貴久は自分の胸に、ノーマンが握る刃物の切っ先が突き刺されていく場面を目撃する。

「ああ、サミー。すまん、すまんなあ」

ノーマンは死んだ若旦那に謝罪しながら、貴久の心臓を何度もめった刺しにした。

「うっ⁉　うっ、う……、っ……、……」

心臓を突き刺される度に貴久の身体が跳ね上がろうとするが、やがてそれも収まっていく。貴久の瞳から光が失われ、貴久の意識もそこで完全に途切れる。

「おう、お前ら、このゴミ勇者を焼却炉で燃やしておけ。着ている物も、骨一つも残すなよ。首輪もだ」

ノーマンはふらりと立ち上がり、貴久の火葬を命じた。

【第六章】 闇の聖火

ごおおおお、と、突風が吹き荒れるような音がくぐもって聞こえる気がした。熱湯が生ぬるく感じるほどの熱さを感じた。

自分は地獄のマグマにでも浸かっているんだろうか？　そう思って——、

「…………………！」

叫ぼうとした。けど、声が出てこなかった。

「…………………！」

熱い。身体の外も、内も、同時に焼かれているみたいだった。

いったい何が起きているのか？

わからなかった。けど、脱出したかった。この地獄から、抜け出したかった。

だから……。だから、貴久は……。

娼館の地下には、魔石を燃料とした高火力な秘密の焼却炉がある。燃焼で発生するガスを排出するための煙突は一階にある調理場の煙突と繋がっていて、地下室の存在を巧妙に隠しながらも建物の外に煙を排出できるようになっている。

その秘密の焼却炉は今まさに稼働中だった。つい先ほど点火され、中では早速ごうごうと炎が吹き荒れている。炉の中にはノーマンがほんの数分前に刺し殺した貴久の亡骸が放り込まれていた。ただ、内側で上昇し続ける温度とは対照的に——、

「……ノーマンさん、おっかなかったなあ」

「ああ、あんなにキレているところ初めて見たぜ」

焼却炉の傍で待機しているゴロツキ達は、ぶるりと全身を震わせて粟立っていた。理由は貴久とジュリアを懲らしめるノーマンの姿に、底知れぬ狂気を垣間見たからだ。

「俺、しばらくは寝付きが悪くなりそうだわ」「殺したの、マジで勇者なんだろ」「祟られたりしないだろうな？」

などと、ゴロツキ達は背筋を冷やしながら話をしている。その時のことだった。ドォンと、焼却炉の内部から、鈍い音が響いた。

「っ⁉」

ゴロツキ達はぎょっとして焼却炉を見る。

「な、なぁ、今……」「あ、ああ。音がした」「まさか……、マジで祟りか？」「止めろよ、お前が変なことを言うから！」

勇者殺害に加担したからか、ゴロツキ達はすっかり怯えた反応を見せた。すると、焼却室に入ってくる者がいた。ノーマンに雇われた傭兵のニックだった。

「よう、お前ら」

ニックは怯えるゴロツキ達に、片手を上げて揚々と挨拶する。

「あ、ニックさん」

見知った相手の登場に、ゴロツキ達はほっと胸をなで下ろす。この場にいるゴロツキ達は皆、幼少期から王都で育って組織に入った古株である。そんな彼らからすれば、傭兵のニックは王都の外からやってきたよそ者だ。

しかし、ニックはその実力と仕事ぶりから、ノーマンに直接スカウトされた組織の幹部である。何より、日頃の気さくな態度から、構成員達からの信頼は厚かった。

「お前ら、今日は厄日だな」

と、ニックは肩をすくめてゴロツキ達に言う。

「あ、今の音、ニックさんも聞こえました⁉」「やばくねえですか⁉」「ああ、勇者の祟りなんじゃ……」

ゴロツキ達はすっかり気を抜いて、揚々とニックに話題を振った。すると――、

「すまんな」

ニックは歩きながらそう言って、腰の鞘から剣を抜いた。そして素早く、三度振るう。

「え……？」

椅子に座って駄弁っていたゴロツキ達は、何が起きたのかもわからず椅子から転げ落ちてしまう。

「俺は今日限りで組織を抜けることになった」

ニックは床に転がるゴロツキ達の顔を見下ろしながら淡々と告げた。そして剣を腰の鞘に収めると、焼却炉の燃料となる魔石を掻き出して排気と鎮火作業を行う。普段は自然に鎮火するのを待つのだが――、

「《水創世魔法》」「《送風魔法》」

水を放出する魔法や風を送り出す魔法も使って、どんどん手順を早めていく。

「ったく……」

ニックは焼却炉の中から、億劫そうに中身を取り出す。それは証拠隠滅のために火葬されようとしていた貴久の身体だった。短い間とはいえ炉に放り込まれ、肉体の大部分が炭

化していたが――、

「ぁ……」

なんと、貴久は擦れた呻き声を漏らした。よく観察すると、炭化した肉体がじわじわと急速に治癒し始めていることもわかる。

「……マジでこれでも死んでいないのかよ、こいつ」

心臓もめった刺しにされていたのに――と、ニックは信じられんと言わんばかりに引きつった顔になった。とはいえ、いつまでもその場で立ち尽くしているわけではない。ニックは懐から赤い魔力結晶を二つ取り出し、貴久の身体を抱きかかえると――、

「《転移魔術》」

使い捨ての転移結晶を使用し、その場から姿を消した。

◇　◇　◇

直後、ニックは貴久を抱きかかえたまま、ガルアーク王国王都の平民街にある宿屋の一室に立っていた。すると――、

「ご苦労様でした、ニックさん」

と、労いの声が響く。声の主はプロキシア帝国の外交官を務めるレイスで、椅子に腰掛けている。

「……手筈通り、こいつが火葬されたタイミングで救出してきました。あの地下室に忍び込むための座標結晶も、ちゃんと設置してきましたよ」

「素晴らしい。本当によくやってくれましたよ。貴方をガルアークの裏社会に潜入させた甲斐があったというもの。さあ、彼を早くベッドに」

レイスは上掛けの布団を手ずからめくり、貴久を寝かせるよう指示した。

「……話には聞いていましたが、いったいどうなっているんです、こいつの身体は？」

ニックは気を失った貴久の身体をベッドに寝かせると、不気味そうに見下ろしながらレイスに問いかけた。

「説明した通りですよ。勇者は驚異的な治癒能力を持っている。限界はありますが、このくらいでは死なないんです」

「これは治癒っていうか……、もはや蘇生の域にありませんかね？」

「ですね」

レイスはにこやかに肯定する。

「……それで、この後はどうするつもりで？」

「無論、彼に恩を売るんですよ。具体的にどうするかは目覚めた彼の意向次第（しだい）ですが」

「俺はコイツがノーマンに刺し殺される現場に居合わせたので、顔を合わせたら敵意を向けられると思いますよ？」

「そこはさして問題にはなりません。まあ、貴方にはいったん娼館街の組織に素知らぬ顔で戻ってもらうとしましょうか。ただ、その前に……」

（火葬されたことでだいぶ同化が進んだはずですが、最初の死ですからね。全治に至るにはまだもう少し時間がかかりそうだ）

　レイスはベッドで気を失っている貴久を見やり、その容態を観察すると――、

「……彼が目覚めるまでもう少し時間がかかるはず。その間に情報共有といきましょう。現場で何が起きたのか、貴方から見た彼がどんな人物なのか、可能な限り詳細（しょうさい）に報告してください」

　貴久を見下ろしたままほくそ笑み、ニックに説明を求めた。

　いつだったろうか？

と、千堂貴久は朧気な意識の中で自問自答する。

そう、そうだ。ガルアーク王国の夜会に出席した時のことだった。この世界でようやく再会できた美春と亜紀と雅人に――、

「俺はみんなにも一緒に付いいてきてもらいたいんだ。これからはずっと一緒にいたい。俺がみんなのことを守る。守ってみせるから」

と、貴久は自分が三人を守ってやると、熱く訴えかけた。すると、亜紀は貴久の気持ちを受け止めてくれたけれど……。

美春と雅人にはあっさりと断られた。二人が守ってもらおうとしたのは、ずっと一緒に育ってきた貴久ではなく、見ず知らずの男だった。

貴久はそいつに嫉妬した。ポッと出のくせに、二人を守る力を持つそいつに、実際に二人を守ってきた実績を持つそいつに、強く嫉妬した。

そいつは人殺しだった。

「人を殺したことがあるんですか？」

貴久がそう尋ねると、そいつは何の臆面もなく――、

「あります」

と、即答してきた。

「人殺しじゃないですか」

と、貴久が言っても――、

「そうですね」

と、あっさり認めてきた。完全に開き直っていた。人殺しであることに、何の後ろめたさも持っていない。最低のクズ野郎だった。

だから、貴久はそいつを心底軽蔑した。そいつのことが心底気にくわないと思った。こいつとは絶対に相容れないと、確信した。それで――、

「貴方と一緒にいても美春は幸せになれない。勇者である俺と一緒にいた方が美春のためです。俺なら美春のことを守ってあげられる」

貴久はそいつに決闘状を叩きつけてやった。結果は負けた。あっさりと負けた。いや、徹底的に負けた。惨敗だった。それが悔しくて、悔しくて……。間違っているのは決闘で負けたお前なのだと突きつけられたような気がして、気が狂いそうだった。

だから、意地でも認めようとしなかった。

「リリィは知っているだろう？　勇者としての俺が秘める力を。俺の力なら大切な人達を守ることができる」

美春達を守る力を持つのは自分だと、リリアーナを味方に付けようとした。

「……先ほど＊＊＊卿に敗北したばかりではありませんか。確かに神装が秘めた特殊能力は強力ですが、彼のような手練れに接近されてしまえば勇者様も負けうるのです。それをご理解ください。単純な力だけでは対抗しきれない悪質な行いだってこの世にはあるのですよ」

と、リリアーナがこの時に忠告してくれた言葉の意味を――、

「それでも俺は守ってみせると答える。これ以上は平行線だよ、リリィ」

当時の貴久は微塵も理解せず、世間知らずのアホみたいな顔で守ると口にした。今の自分なら、痛いほどわかるのに……。と、貴久はほぞを噬む。

「お、お願いします……。タカヒサのこと、許してあげてください。私、何でもしますから。一生、奴隷のままでいいですから。お金、たくさん稼ぎますから。お願いします、お願いします」

と、貴久を守るために石畳の床に額をこすりつけていたジュリアの姿が、記憶に焼き付いて離れない。それに――、

「あの馬鹿女、たくさん金を稼ぐからとか言っていたけどよ。こっちはもとから死ぬまで金を稼がせるつもりなんだわ。なのに、アイツ、金を稼ぐことがさも交渉材料になると思って必死に……。くっ、くくっ、ぷっ、ははははっ！」

ジュリアの思いを嘲笑して踏みにじったノーマンの悪魔のような笑顔も、脳裏に焼き付いて離れない。許せなかった。到底、許せなかった。

だが、何よりも許せないのは——、

「それでも俺は守ってみせると答える。これ以上は平行線だよ、リリィ」

簡単に大切な人を守ってみせると信じ切っていた自分だ。にもかかわらず、ジュリアを守ることができなかった、愚かで情けない少し前までの自分だ。

情けなかった。本当に、情けなかった。

——俺は、俺は、ジュリアを守ることができなかった！

それが何よりも悔しかった。本当に、悔しかった。

悔しくて、悔しくて……。

もう朝焼けが近い時間のことだ。
気がつけば、ベッドの上で仰向けになりながら——、
「くっ、うう……」

貴久は悔しさのあまり、泣いていることを自覚した。顔中の穴という穴から、液体を垂れ流していた。ここはどこなのだとか、自分は無事なんだろうかとか、どうしてここにいるんだとか、そんなことは微塵も頭に思い浮かばなかった。

ただ、助けなければならないと思った。

「うっ、ううう……」

ジュリアを助けないといけない。貴久は脇目も振らず、ただその一心でベッドから起き上がる。そしてふらつきながら部屋から出て行こうとするが――、

「……お待ちなさい。どこへ行こうというのですか？」

椅子に座って読書していたレイスが、貴久を呼び止めた。

「うっ……？」

貴久はようやく、室内に自分以外の誰かがいたことに気づいた。涙を拭い、レイスに視線を向ける。

「まさか起きるなりいきなり出て行こうとするとは、流石に予想外でした」

レイスはくつくつと愉快そうに笑って、ぱたんと本を閉じた。

「あらたは……？　え？」

ろれつが回らなかった。そういえば、ノーマンに蹴られて歯を何本も折られたのだと思

い出して、手で口に触れてみる。けど、不思議なことに、折られて吹き飛んだ歯はすべて生えそろっていた。ろれつが回らなかったのは、激しく泣いているのが理由だった。

「一応、死にかけていた貴方を救助した者ですよ」

と、レイスはにっこりと貴久に微笑みかける。

「そう、ですか……。ジュリア……、ジュリア……」

貴久はジュリア以外のことを考えられないのか、亡霊みたいに歩きだして再び部屋の外へ出て行こうとする。

「ですから、お待ちなさい。別に無理に引き留めるつもりはありませんが。現在地がどこなのかもわかっていないのに、目的地までたどり着けるのですか？　娼館がどうこうと仰っていましたが、ここは娼館街ではありませんよ？」

と、レイスは状況を把握させようと、貴久に問いを投げかけるが——、

「……助けたい子がいるんです。助けないといけないんです。俺、行かなきゃ……」

この時の貴久には、ジュリアの救出に関わらないことなどどうでもよかった。もしかすると、どうしてジュリアを助けようとしているのかすらよくわかっていないのかもしれない。明確なプランなどなく、ただ一秒でも早く、ジュリアを助けにいくんだという気持ちだけが先走りしていた。それが言動から如実に窺えた。

（……死の淵から戻ったばかりで、放心状態に近いんですかね。ならば……）

レイスは貴久の精神状態をそのように見定め――、

「よろしい。では、案内してあげましょう」

と、貴久が望む通りの選択肢を提示した。

「え……？」

「あの地下室へ戻りたいのでしょう？　送り届けてさしあげると言っているのです。その気になれば今すぐにでも、潜入できますよ？」

「…………………貴方は？」

死の淵から舞い戻った直後の鈍い思考回路でたっぷり沈黙して導き出したのは、そんな漠然とした問いかけだった。そして――、

「アイツらとの、関係は……？」

続けて、貴久はレイスに警戒心を向ける。流石に話が上手すぎると思ったのか、頭を働かせなければと思ったらしい。さらには――、

「俺は、どうして……？」

助かったのだろうかと、貴久はようやく疑問を抱いたようだった。

「ジュリア、ジュリアは……!?」

貴久の瞳にようやく、正気の色が宿る。意識が途絶する直前に何が起きたのか、すべてをしっかりと思い出した上で、ジュリアの身を案じた。

そして、自分やジュリアをこんな目に遭わせた、ノーマンという不倶戴天の敵による非道が再びフラッシュバックしたのか――、

「う、うううううっ！」

貴久は修羅の顔になり、今度は憎悪の炎をその瞳に宿した。殺す。殺したい。あの男を殺すためなら、なんだってする、という気迫で……。

「ジュリアの所に案内してくれるんですよね⁉　お願いします！　すぐに案内してください！」

貴久は目の前にいるレイスが誰なのかもまだよくわかっていないのに、案内を頼んだ。

「……私から言うのもなんですが、もう少し私の素性について知ろうとは思わないのですか？　私がノーマンの味方である可能性もありますし、そうでなくとも何かの罠であるかもしれません。あるいは、案内の見返りに何かを要求するかもしれませんよ？」

もう少し慎重になった方がいいのではないかと、レイスが指摘するが――、

「構いません」

と、貴久は即答した。

「ほう……」

「ジュリアを助けられるのなら、そんなことはどうだっていい。見返りに何かをさせたいのなら言ってください。俺に差し出せるものなら、なんだって差し出します」

貴久が実に据わった目つきで言い放つ。

「たった一つの目的達成のために、腹をくっているわけですか。向こう見ずではありますが、その覚悟は気に入りました」

レイスは感心して頬を緩めると――、

「よろしい。では、あの娼館の地下室へ貴方をお連れしましょう」

貴久を歓迎するように、手を差し出した。

ノーマンが経営する高級娼館には広大な地下空間がある。付近にある建物とも通じていて、地上にある建物の面積を遥かに上回るその地下空間には、貴久が監禁された部屋や、焼却炉がある部屋以外にも無数の部屋が存在していた。

例えば、地上の建物には出さない訳ありの娼婦達が幽閉されていたり、口の堅い特別な

超上客達をターゲットとした非合法な商売が行われていたりするのだが……。

　現在、その地下空間施設では騒ぎが起きていた。理由は焼却炉で殺人事件が起き、証拠隠滅のために焼かれていた貴久の死体がなくなってしまったからだ。

　地下にあるノーマンの執務スペースでは、部屋の主であるノーマンと配下のゴロツキ達が集まっていて――、

「くそがっ！　まだ見つからねえのか⁉」

　と、ノーマンの怒声が響いた。

「は、はい。地下全体をくまなく捜したはずなんですが……」

　焼却炉にあったはずの貴久の死体が見当たらない――と、ゴロツキ達が顔を見合わせながら捜索の経過を報告した。

　焼却炉の傍にいたゴロツキ達は全員死亡。目撃者はいない。焼却炉に放り込まれていた貴久の亡骸は消失して行方がわからず。犯人が誰なのかも、貴久の死体がどこに消えたのかも、何の手がかりもなくて――、

「マジで地上に持ち出されたんじゃねえだろうな⁉」

　ノーマンのご機嫌は最悪だった。

「それは……、ありえないはずなんです」

「地上と地下を繋ぐ道は全部、漏れなく見張りがいましたから」

「今日の客にデカい荷物を持ち帰った人物はいませんし、うちの構成員でそんなデカい何かを外に持ち出した奴もいなかったそうです」

地上と地下を繋ぐ出入り口は複数あるが、そのいずれにも複数人の見張りが置かれている。誰かが貴久の死体を持ち出そうとしていれば、気づかないはずがなかった。

「ちっ、どういうことだ……」

ノーマンは忌ま忌ましげに舌打ちして思案する。仮に貴久の死体が地上に持ち出されるようなことがあって、ノーマンが経営する娼館が疑われるような真似になればなかなかに面倒な事態になりかねない。せっかく貴久を殺して気分が良くなっていたというのに、一転して最悪の気分に逆戻りだった。

とはいえ、いかに地下施設が広く造られているとはいえ、閉鎖された地下空間の中で死体が消えて見つからないというのはおかしい。忽然と影も形もなくなったとなれば、考えられる可能性は……と、ノーマンは考える。

（……客か？　いや、わざわざあのガキの死体を狙って持ち去ったんだ。犯人はアイツが地下で死んだことを知っている内部の奴に限られる。だが、なぜ死体を持ち去った？　まさか城に引き渡すつもりか？）

それをやったときに最も得をするのは、娼館街にいるライバル勢力だろう。あるいは、ノーマンを蹴落とそうとしている配下の誰かの可能性もある。

（内部の誰かだとしても、一人で死体を持ち出せるもんか？　どこかの出入り口にいる奴らが全員で口を揃えていやがるのか？）

そう考えると、この場にいる連中のことも途端に信用できなくなってくる。

（楽しんでおこうかと思ったが、ジュリアも処分しておいた方が安全かもしれねえな）

ジュリアはまだ貴久が生きていると思っているのだろうが、貴久の死体が消えた一件がどう転ぶか次第では、面倒な生き証人になりかねない。それで――、

「……継続して地下をくまなく捜せ。俺はジュリアを監禁している部屋に行く。二人付いてこい。いや……、ニック、お前も入れて三人だ」

ノーマンはジュリアの処分を決めて、傭兵のニックも含めた三人を引き連れて移動を開始した。

ジュリアが監禁されている地下室は、三畳ほどの狭い空間だった。がらんとした部屋の

中にベッドが一つだけ置かれている。

(何が起きているんだろう?)

構成員の男達が慌ただしく通路を行き来している姿を、ジュリアは鉄格子の扉越しに不安そうに眺めていた。

(……タカヒサ、大丈夫だよね?)

ノーマンに手酷く痛めつけられていた貴久の姿が脳裏に浮かぶ。あの部屋を連れ出されてから、ジュリアは貴久と会うことができていない。

生きていてほしい。死んでいるはずがないと、信じてはいるが、不安がこみ上げてくるのを抑えることができなかった。

(どうなったのか知りたい……)

もちろん見張りの者に質問してみたが。うるさいと怒鳴られてしまった。自分の態度次第で、貴久の処遇が決まるかもしれない以上、今は従順に振る舞うしかなくて……。

すると、その時のことだった。

「おい、ジュリア」

ノーマンがニックとごろつき二人を連れてやってきた。

「あ、あの! タカヒサ、どうなりました?」

「……知りたいか？」

ノーマンは冷笑してジュリアに訊き返す。

「はい！」

「なら、ついてこい。アイツがいた部屋に行くぞ」

鉄格子の鍵を開けられ、ジュリアが部屋を出る。向かったのはノーマンが貴久を殺した部屋だ。そこは尋問や罰を与える部屋として使われていて、ジュリアが軟禁されている部屋からは歩いて十数秒の位置にある。すぐに部屋の移動は終わって入室すると、室内には誰の姿もなかった。

「……あの、タカヒサはどこかに移動したんですか？」

ジュリアが部屋を見回して訊いた。広さは十五畳ほどで、ジュリアが軟禁されている部屋よりも広い。扉は防音のため分厚く作られていて、閉ざされれば中の音は通路からでは聞こえない。

「アイツならそこで死んだぜ」

ノーマンは貴久を刺し殺した床を指さして、あっさりとジュリアに教えた。

「え……？」

「俺が心臓を突き刺して殺した」

「…………」

　ジュリアはよほどショックなのか、放心して目を瞬いている。

「アイツ、呑気に部屋を出たお前がどうやって死ぬか教えてやったら、最後は歯が抜けてろれつの回らない声でみっともなく叫んでいたぜ」

「あ、ああ……」

　ジュリアは絶望して頽れた。

「男のくせにボロボロ涙を流してやがった。みっともなかったぜえ。アイツが死ぬとこ、お前にも見せてやりたかった」

　ノーマンはしゃがみ込み、ジュリアの耳許でせせら笑う。

「嘘つき！」

　ジュリアは涙を流して叫び、ノーマンに掴みかかった。だが――、

「うるせえっ！」

　ノーマンはジュリアの顔を殴り飛ばす。

「っ……！」

　ジュリアは勢いよく吹き飛んで床を転がってしまう。

「事情が変わってな。テメエも処分することが決まったから、今度は手加減しねえぜ？

治癒魔法も使わねえ。顔の形が変わるまで殴ってから殺してやる。いや、顔は最後の楽しみにして、とりあえず腹でも殴ってやろうか？」

ノーマンはジュリアを仰向けにさせて、腰の上に跨がる。

「う、ぁぁ……」

ジュリアは悔しそうに涙を流し、鼻血を流しながら嗚咽を漏らした。しかし、それでも怯まず、ノーマンに一撃を入れてやろうとじたばたと暴れている。

「うぜえ女だな！」

ノーマンは一発、ジュリアの腹を殴った。

「ぐぅっ⁉」

「あの糞ガキといい、テメエといい、マジで疫病神だぜ」

ノーマンはさらに何度も、ジュリアの腹を殴る。と――、

「ノ、ノーマンさん！」

ゴロツキが血相を変えて、部屋に入ってきた。

「あん？」

いったい何があったのか？　ノーマンは振り上げた拳を止めて振り返る。

「襲撃だ！」

時はほんの数分ほど遡る。

そこは、娼館地下室の空き部屋だった。

物が何も置かれず、誰もいない室内で、ぐにゃりと空間が歪む。かと思えば、いきなり二人の人物がそこに現れた。貴久とレイスだ。

「到着しましたね。娼館地下の一室のはずです」

レイスが室内を見回して言う。

「ありがとうございます。じゃあ……」

貴久は神装の剣を実体化させて握り、迷わず扉に向かった。レイスも後を追う。扉を開け、通路に出ると——、

「……あ？」

通路を出歩くゴロツキ達がいた。空き部屋から最初に出てきた貴久を見かけると、ぎょっとする。それで、貴久が剣を握っていることに気づくと——、

「なんだてめぇ⁉」「おい、侵入者だ！」

ゴロツキ達はダガーを抜き、敵意むき出しで貴久に襲いかかった。

「…………」

迫りくる男達を睨む貴久の瞳に、ドス黒い翳りが差す。貴久は神装の剣の柄を、握りつぶさんばかりに締め付けると――、

「はあああっ！」

剣を振るって、刀身から業火を放った。炎は数メートルほど進んで通路を埋め尽くし、ゴロツキ達の身体を焼き払う。

「うおおお⁉」

ゴロツキ達数人が炎に焼かれ転げ回り、巻き込まれなかった者達も含めて瞬く間にパニックに陥った。

「地下空間ですから、過度な炎の使用は控えた方がいいかもしれません。ここぞという時に使うといいでしょう」

「……そうですね。出力は絞ったつもりだったんですが、すみません」

想定していた以上に炎の勢いが良かったのか、貴久は素直に謝罪する。

「いえ……」

レイスはかぶりを振りながら、無事なゴロツキ達に向けて指を突き出した。すると、指

先に魔力の光弾が浮かび、ゴロツキ達の頭部めがけて勢いよく射出される。

「うおっ⁉」「ぐぁ⁉」

直径数センチの光弾は時速数百キロにも及ぶ速度で、ゴロツキ達の頭部を的確に打ち抜いた。頭蓋骨が粉砕され、直撃した男達はそのまま倒れてしまう。

「私も可能な限りサポートしますから、存分にやってください」

「……ありがとうございます」

レイスの実力を知り、貴久はわずかに目をみはりながら礼を言った。

「あ、ああ……」

まだ無事な男が一人いて、呆然と尻餅をついている。無理もない。ほんのわずかな間に多くの味方が火に包まれたり、頭蓋骨を粉砕されたりして、即死するか生死をさまようかの状態になっているのだ。

「うわあああ！」「わあああああ！」「熱い、熱い！」

暴力を売り物にする屈強な男達が火に包まれて、情けない悲鳴を上げながら床を転げ回っていた。そんな彼らを見ても――、

（死んで当然だ、こんな連中……）

貴久はすっかり擦れた顔つきで、罪悪感一つ無い侮蔑の眼差しを向けていた。

（おやおや……、話で聞いていた人物像からはだいぶズレましたね）

今回の一件で相当揉まれたらしいと、レイスは薄ら笑いを浮かべる。

「なんだ、何事だ!?」「なっ……!?」

新たに駆けつけた増援数名も、火に包まれた味方を見つけて言葉を失ってしまう。レイスはそんな彼らの頭部にすかさず光弾を放って沈黙させる。

「ひ、ひっ……」

尻餅をついた男は貴久とレイスから距離を置こうと、腰を抜かして必死に後ずさりをしていた。貴久はその男に近づき、力強く胸ぐらを掴む。

「おい、ジュリアはどこにいる？」

「くっ、うっ……」

男は全身に脂汗を滲ませ、苦しそうな声を漏らしている。

「答えろ！　ジュリアはどこにいる!?」

「ううっ、やめっ、やめてくれ！」

「質問に答えろ！」

貴久は重さ九十キロを超えるであろう男の胸ぐらを軽々と持ち上げて、力任せに壁に押しつける。これまでの人生でまったく暴力を振るってこなかった貴久が振るう暴力には、およそ加減というものがなかった。

「かはっ……。ノ、ノーマン！　ノーマンさんが連れてっ！　あそこ、右っ！」

男は通路の先を指さした。

「ノーマンっ……!?」

貴久の両手にこもる力に、より強い憎しみが込められる。

「や、やめっ、ころっ、殺さないでっ！」

「やめて？　殺さないで？」

人に散々暴力を振るって、こんな場所で理不尽に女の子達を閉じ込めているようなクズのくせに、何を言っているんだ？

「ふざけるなっ……！」

貴久は怒声を叫びながら、胸ぐらを握ったまま男の身体を強く壁に押し込んだ。すると相当な圧力がかかったのか、壁と一緒に肉と骨が押し潰れる感触が伝わってきて――、

「つぅ………」

恐怖で強張っていた男の身体から、力が抜けた。

「どうやらジュリアさんはあちらにいるみたいですね」

レイスは次に進むべき方向を指さした。

「行きましょう」

貴久は床を転がる死体には目もくれず、ジュリアを助けに向かった。道中、鉄格子の扉で閉じ込められている女の子達を発見して顔をしかめるが、ジュリアの救出を優先して目的の場所に向かう。

遭遇したゴロツキ達は襲いかかってくる前に、レイスがすべて光弾を放って沈黙させていた。ただ一人、ノーマンがジュリアを殴っている部屋に駆け込んだ男がいて――、

「ノ、ノーマンさん！　襲撃だ！　……ぐぁ⁉」

報告した直後に、レイスはその男の後頭部に光弾を命中させた。

「あの部屋みたいですね」

「っ、ジュリア！」

貴久が走って部屋に突入すると――、

「て、てめえ……、なんで生きてやがる？」

ノーマンの目が驚愕で開かれる。確かに心臓を何度も突き刺して殺したはずの貴久が元気に突入してきたのだ。死体がなくなったからといって、生き返る可能性は想定するはずがない。驚かないわけがなかった。

「う、ぁ……かひさ……」

ジュリアはノーマンにマウントをとられて鼻血を流し、顔を腫らしながら涙を流していた。それを見た瞬間――、

「ノアァアマン！」

貴久は憎悪の雄叫びを上げるように、ノーマンの名を叫んだ。

「く、来るな！　こいつがどうなってもいいのかよ⁉」

ノーマンは怯え、それでも慌ててジュリアを人質に取ろうとする。

「ジュリアを放せぇ！」

「は、放すかよ、お前ら、やっちまえ！」

ノーマンは姿勢を変えてジュリアを持ち上げ、配下のゴロツキ達に命令を下した。

「くっ！」

ゴロツキ達がダガーを抜くが――、

「はあああああっ！」

貴久が先にゴロツキの一人に迫り、神装の剣を振るう。身体強化された膂力で振るわれた剣は人の身体を容易に分断してしまう。

「ひっ……」

怯えて身を竦ませたもう一人のゴロツキの身体も、貴久はすぐさま斬りつけた。これで

ノーマンを守る者はもう傭兵のニック一人だけになってしまう。

「お、おい！　動くな！　動いたらこの女をマジで殺すぞ！　ニック、何をしている⁉　こいつをっ……！」

ノーマンはジュリアを抱き寄せたまま、声を上ずらせてニックに命令するが――、

「悪いな、ノーマンさん」

ニックは背後から素手でノーマンを襲い、ジュリアを引っぺがした。

「お、おい！　ニックてめぇ⁉」

ノーマンが尻餅をつきながら抗議する。

「彼はこちらの味方です。攻撃はしないよう」

ニックのことは襲わないようにと、レイスがすかさず貴久に言う。

「は、はぁ？　ニック、お前が裏切っていたのか！」

ノーマンはここでようやく、裏切り者がニックであったことを知って驚愕した。内部に裏切り者がいると想定はしていた以上、もちろんニックが裏切り者である可能性も視野には入れていたのだろうが、確信はなかったはずだ。こんなタイミングで裏切られるとも思っていなかったはずで、その表情はみるみる絶望に染まる。

「あんたとの契約は今日で終了だ。《治癒魔法》」

ニックはジュリアを抱えながら、貴久とレイスがいる側に歩いていく。そしてジュリアの顔に治癒魔法を使う。一瞬で傷口が塞がるものではないが、ジュリアの顔が癒やしの光に包まれた。貴久はそれでニックのことをとりあえず信用したらしい。

「……あんたを守る奴はもう誰もいないみたいだな」

貴久は剣を握る力を強め、ノーマンに迫った。

「く、来るんじゃねえよ！」

ノーマンは慌てて立ち上がってダガーを抜き、その切っ先を貴久に向ける。そのままずるずると後ずさりをして、やがて背中が壁に当たる。

「お前は許さない。絶対、楽に殺さない」

貴久が握る剣の刀身に、ぶわりと炎が宿る。炎は貴久の心情とリンクしているのか、黒く燃えたぎっていた。

「ふ、ふざけるな！　もとはといえばてめえがサミーを殺したせいじゃねえか！　その馬鹿女だって、うちの奴隷だ！　勇者なら何しても良いのかよ、この野郎⁉」

ノーマンはせめてもの罵声を貴久に浴びせるが――、

「それはこっちの台詞だ。このクズがっ……！」

貴久は鬼のような顔で、わずかな躊躇も覗かせずに剣を構えた。

果たして――、

「くっ、そおおおおおおおお！」

ノーマンが貴久に突進して、雄叫びを上げて斬りかかった。

「ああああああああっ！」

貴久も怒声を振りまきながら、剣を突き出してノーマンに突進し返す。すると、貴久の剣が先にノーマンの心臓をとらえた。そのままとんでもない膂力と速力で突き進み、ノーマンの身体ごと剣を壁に突き刺してしまう。

「ぐぉ……」

全身が粉々になるような衝撃が走り、ノーマンは内臓が裏返ったような声を漏らす。手にしたダガーが、がらんと音を立てて床に転がった。

「ふぅー、ふぅー」

貴久は瞬き一つせず、ノーマンの死に際の顔を睨み続けていた。ノーマンも光を失いかけた瞳で、目を細めて貴久をにらみ返している。貴久の剣に宿る黒炎が、ノーマンの肉体へ一気に燃え移っていた。

「じ、地獄で、先に……」

待っているぜ――と、顔も黒炎に包まれる最後の瞬間に、ノーマンは薄ら笑いを口許に覗かせた。貴久が剣を抜くと、ノーマンの死体が燃えさかりながら床に転がる。

「…………」

貴久は燃えたぎるノーマンの死体を、見下ろして睨み続けていたが――、

「た、かひさ……」「っ⁉」

背後からジュリアの声が聞こえると、貴久はハッとして振り返る。

「このまま治癒しづらいんで、代わりに抱きかかえてくれますかね？」

ニックが貴久に近づき、ジュリアを引き渡す。

「あ……」

貴久は神装の剣を消して、震える両腕でジュリアの身体を抱きかかえた。すると――、

「え、へへ……。あり、がとう。私の、勇、者さま……」

生きていて良かった――と、ジュリアは幸せそうな顔ではにかみ、貴久に礼を言う。それで完全に気が抜けたのか、気絶してしまった。

「命に別状はありませんし、元通りの綺麗な顔になりますよ。私も治癒しましょう」

レイスが近づいてきて、ジュリアに治癒の精霊術を施す。

「……ありがとうございました」

貴久は泣き出さんばかりに顔をくしゃくしゃに歪め、深々と頭を下げた。

「来る直前にも言いましたが、純粋な正義感で人助けをしたわけでもありませんからね」

顔を上げてください――と、レイスはにこやかに応じる。

「わかっています。なりますよ、プロキシア帝国の勇者に。約束は守ります。ただ、最後にやりたいことがあるんです」

「なんでしょうか？」

「地下と地上に閉じ込められている子達を全員解放して、この娼館を潰します。こんな場所、この世から消えてしまえばいい」

二度とこの場所でこんな理不尽な真似はさせるものか――と、貴久は唾棄するように宣言した。

十数分後。

夜明けを迎えたばかりで、まだ空がぼんやりと薄暗い頃。

王都の娼館街に、一本の巨大な火柱が立ち上った。炎はジュリアが所属していた高級娼館だけを包み込み、天に届かん勢いで高く高く渦を作って燃え上がっている。炎は貴久の

剣から放たれて操作されていて――、

「これは、これは……」

レイスは貴久の隣で炎を見上げて瞠目し――、

（やはり良い感じに勇者としての覚醒が進んでいますね）

と、感心していた。

「おお……」

近くの路地には貴久が娼館から避難させた者達だけではなく、大勢の野次馬がいて、幻想的に燃えさかる炎に視線を奪われている。

今の貴久は別の建物の屋根の上に立っていて、そこから娼館に対して剣の切っ先を向けて炎を制御していた。既にジュリアの治癒は終わり、今はニックが抱えている。やがて建物が崩壊したところで――、

「……行きましょう」

貴久は満足したのか、火柱を霧散させた。そして神装の剣も消滅させると、ニックからまだ気を失っているジュリアの身体を預かった。

「では、最後にもう一度、訊いておきます。本当に良いのですね？　このままこの国を去っても」

と、レイスが貴久に問いかける。

「……ええ。俺の居場所は、あの城のどこにもなかったんです」

貴久は遠い目でお城を眺めながら、苦虫を嚙(か)み潰して吐(は)き捨てた。

「よろしい。では、ニックと共に先に向かってください。私は最後にやり残したことがあるので、後から合流します」

レイスもお城を眺めながら、貴久に指示する。

「わかりました」

「では、ニックさん」

「ええ。どうぞ、勇者殿(どの)」

ニックは貴久と一緒(いっしょ)に、レイスから少し離(はな)れる。そして――、

「《転移魔術(テレポート)》」

使い捨ての転移結晶(けっしょう)を使用した。ジュリアを抱きかかえた貴久と、ニックの姿がその場から消える。残されたのは、レイスだけになり――、

（……では、私も残る邪魔者(じゃまもの)を排除(はいじょ)するとしましょうか）

日が昇(のぼ)り始めた瑠璃(るり)色(いろ)の空へと、飛翔(ひしょう)を開始した。

【エピローグ】

娼館街で立ち上った火柱は、王城からでも視認することができた。

不気味だ。不吉だ。いったい何が起きているのか？　まだ空が薄暗いというのに、城中が騒ぎになっていた。美春達が暮らす屋敷の庭にも、人垣が出来ていて――、

「あの炎って……」

沙月は遠くで燃えさかる炎を眺めながら、顔を強張らせていた。燃え方からして自然に発火した炎とは思えない。誰かが魔術や精霊術などで炎を操り、人工的に発生させた炎であるのは明らかだ。炎を操る能力だと思って、沙月が真っ先に連想したのが――、

「まさか……」

そんなはずない、と沙月はかぶりを振る。近くには亜紀や雅人もいて、不安そうな顔をしていた。すると、やがて炎がやむ。

「…………」

炎がやんだ後も、屋敷の庭では決して短くない沈黙が流れた。やがて――、

「な、なあ、あの炎って……」

雅人が恐る恐る口を開く。

「ね、ねえ、美春お姉ちゃんは⁉」

亜紀は嫌な予感を振り払うように、きょろきょろと周囲を見回した。けど、庭に美春の姿は見当たらなくて……。

すると、その時のことだった。

お城の上空で、膨大な魔力が出現した。

大気が震えるほどのプレッシャーを感じとり――、

「っ……⁉」

魔力を感じとれる者達は、一斉に臨戦態勢をとる。遅れて――、

「っ、精霊の気配⁉」

サラ達がハッとして庭の一角を見た。自分達の契約精霊から、近くに精霊の気配を感じると教えられたのだろう。

すると、そこには、仮面を着けようとしているアイシアが立っていて――、

「……誰？」

皆が不思議そうに首を傾げる。そんな中で――、

（アイシア⁉　なんで実体化して……。ううん、それだけアレがまずいんだわ）

と、セリアだけがアイシアが現れた理由を察した。だって、それほどに上空にいる何かの魔力は強大で……。

「みんな逃げて！」

アイシアはそう言って、上空に舞い上がった。普段は感情がとても希薄なのに、その声には強い緊迫感が込められている。それで――、

「みんな、ここにいたらきっとまずいわ！　早く……！」

と、セリアが皆に訴えかけた。

するとこのタイミングで、屋敷の玄関から美春が出てくる。美春はぼんやりとした顔でとぼとぼと歩いていて――、

「ミハル、早くこっちに！」

セリアは慌てて美春を呼び寄せようとした。だが、美春はセリアの声がまったく聞こえていないみたいで、ぼうっとしたまま立ち止まって空を見上げた。

（どうしたのよ、ミハル⁉）

セリアは慌てて美春に駆け寄ろうとする。

と――、

「《憑依（ポゼッション）》」

美春が口を開いた。

「え……？」

セリアは耳を疑う。その呪文（じゅもん）は？　なぜ？　どうして？　セリアの脳裏（のうり）に、様々な疑問がよぎった。果たして――、

「《型（タイプ）・第七賢神（セブンスヘブン）・英雄模造（オルターエゴ）魔法・改（モド）》」

美春は呪文の詠唱（えいしょう）を続け、魔法を発動させた。

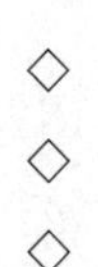

一方で、時はほんの少しだけ進む。

場所は遠く離れ、アルマダ聖王国の聖都トネリコで。

早朝、日が昇り始めて間もない頃。

リオとソラはもう一度、迷宮（めいきゅう）に潜（もぐ）ろうとしていた。大きく口を開けた巨大な迷宮の入り口に向かって歩いていると、見知った者と遭遇する。

「やあ、リオにソラじゃないか」

——また会ったね。

と、エルは嬉しそうに声をかけてきた。

「君は……エルちゃん？」

リオとソラは足を止め、ぱちぱちと目を瞬く。

「昨日振りだね」

昨日、聖都のレストランでリオ達と一緒に食べた料理のことを、エルはなんとも懐かしそうに語った。

「えっと……、俺達のことを覚えているの？」

超越者とその眷属であるリオとソラは人々から忘れられる存在となる。今でも覚えていられるものだろうかと、リオは強く驚いていた。

「言っただろ？　記憶力には自信があるって。というか、昨日会ったばかりじゃないか」

「いや、そう、なんだけど……」

「ああ、君達の顔を見たらまたパエージャを食べたくなってきたよ。次は君が作ったパエージャをご馳走してもらうって約束したよね」

「そう、だけど……。エルちゃんはこんな場所でどうしたの？」

リオは戸惑いながらも、エルとの会話を続けた。

「昨日、迷宮の謎に興味があるなら、実際に潜ってみたらどうだってアドバイスしたろ？　それで、ここにいればまた君達に会える気がしたんだ」

思っていた通りだね――と、エルは怪しく微笑む。

「そう、なんだ……。すごい偶然……だね？」

いや、偶然なのだろうか？

リオは口にしながらも首を傾げてしまう。

「必然だろ？　君と僕の仲じゃないか。いや、君と僕達だね。ソラもいる」

エルはそう言って、ソラにも視線を向ける。

「……必然？」

リオは少し身構えて訊き返す。

「ああ。実のところ、もし君達がここに来てくれたら、ちょっと大事な話をしようと思っていたんだ。僕達以外の誰にも内緒で、ね」

「……それは、どんな？」

「君のしょ……」

エルがその大事な話とやらをしようとする。

その時のことだ。

「え……？」

リオを起点に空間がぐにゃりと歪んだ。リオが最後に目にしたのは、エルが何かを言おうと口を動かしている姿で……。空間の歪みはソラも呑み込み、かと思えばリオとソラはその場から忽然と姿を消してしまった。

「おや……」

その場にはエルだけが取り残される。

「まったく……」

ややあって、エルはちょっと悔しそうに、やれやれと溜息をついた。

「やっぱり、これはあの女のせいなんだろうなあ……」

と、エルは唇を尖らせてぼやき――、

「どうやら、この未来は予知されていたようだよ、兄さん」

ガルアーク王国へと続く東の空から昇る夜明けの太陽を、少しだけ眩しそうに眺めた。

あとがき

いつもお世話になっております。北山結莉です。『精霊幻想記　24．闇の聖火』をお手にとってくださり、誠にありがとうございます。

24巻も読者と関係者の皆様に支えていただき、無事に発売することができました。この場を借りて、心よりお礼申し上げます。

というわけで、24巻はいかがでしたでしょうか？　10巻と20巻を振り返ってみればわかる通り、『精霊幻想記』は十冊単位で起承転結のストーリーが繰り広げられていくよう物語が設計されております。

今後もこのペースに従って話が設計されていくかはともかく、21巻から始まった起承転結の物語も24巻で『承』までたどり着きました。そして『転』への直接的な仕込みとして、ラストのエピローグに引きが強めの爆弾を設置しておきました。

巻末の予告にも記されていますが、25巻のサブタイトルは『私達の英雄』。何がとは言いませんが、大変お待たせしちゃいましたからね。『私達の英雄』が誰のことを指しているのか予想していただきつつ、25巻も楽しみにお待ちいただけると嬉しいです。

ともあれ、21巻から24巻では今後の物語への伏線をあれこれ散りばめるため、リオがいない場でなければ描けない話を贅沢に描かせてもらいました。それで、リオがいないことで最も強く影響を受けたのが、『奴』というか『彼』でした。

で、リオがいないことで『彼』ならどう動くのが自然か、あれこれ考えました。その結果が24巻でして、『彼』は既存の価値観というか道徳観を変えるに至りました。

人が頑なに抱いている価値観を変えるのってどれほどのことだろう？　そう簡単には変わることはないよな、と考えをまとめた結果、『闇の聖火』というサブタイトルが色濃く反映された展開の一冊になったなあと思います。ここまで『彼』に焦点が当たることは以降はもうないとも思ったので、せっかくならばと果敢に筆を動かしました。

本当は『彼』が美人局に引っかかるルートもあったのですが、そちらはお蔵入りにしました（笑）。もしも、いずれ描くWeb版で類似の展開を描くことがあるのであれば、そっちのルートで描いてみるのも良いかもしれませんね。ならなかったすみません。

で、今回は久々にあとがきの尺をたっぷり頂けたので、まだもう一ページくらい自由に使えます！　ということで、宣伝もしておきましょうか。

ドラマＣＤ！　そう、ドラマＣＤですよ！　『精霊幻想記』24巻ではドラマＣＤ付き特装版が同時発売されております。

ドラマCDの脚本は今回も私が担当しました。ダークな雰囲気の本編とは打って変わって、ドラマCDでは今回も笑い重視？のお話が繰り広げられます。本編でリオとヒロイン達との絡みがお預けを食らっている分、「リオがヒロイン達ときゃっきゃうふふと騒ぐ成分を補充したいんや」という方はぜひこのドラマCDもお楽しみくださいませ。めっちゃ面白く仕上がったと思います（自信ありです）。

今回は『セリア先生のわくわくまじかるラジオ』といって、コミカライズを担当してくださっているみなづきふたご先生の『セリア先生のわくわくまじかる教室』から着想を得ました。タイトルから窺える通り、物語の本編から逸脱した非日常的なお話です。だからこそ絡ませられるキャラ同士のやりとりもございますし、ソラちゃんも参戦です！　ドラマCDですからね。リオ達の会話がなんと声付きで楽しめちゃいますよ！

あと、精霊幻想記オンリーショップが二〇二三年も開催されます。八月一八日から、九月三日にわたって、秋葉原にて開催です。詳細はメロンブックス様の公式サイトや、Twitterなどで告知されているので、可能な方はぜひご来店くださると嬉しいです！

それでは、今回はこの辺りで。25巻でもまた皆様とお会いできますように！

二〇二三年六月下旬　北山結莉

かくして、炎の勇者は闇に堕ちた。

本格的な覚醒の兆しを見せる彼の眼には
仄昏い炎がゆらゆらと宿り続けている。

一方、異変を察知して騒然とする
ガルアーク王国城の面々の中で、
様子がおかしい美春が起こす行動は、
吉兆か、それとも波乱の幕開けか――

「さあ、
分岐した未来の
帳尻を合わせるわよ」

精霊幻想記 25.私達の英雄
2024年、発売予定

精霊幻想記

24. 闇の聖火

2023年8月1日　初版発行

著者――北山結莉

発行者―松下大介
発行所―株式会社ホビージャパン

〒151-0053
東京都渋谷区代々木2-15-8
電話　03(5304)7604（編集）
　　　03(5304)9112（営業）

印刷所――大日本印刷株式会社

装丁――coil／株式会社エストール

Printed in Japan

ISBN978-4-7986-3240-7　C0193

ファンレター、作品のご感想
お待ちしております

〒151－0053　東京都渋谷区代々木2－15－8
(株)ホビージャパン HJ文庫編集部 気付
北山結莉 先生／ Riv 先生

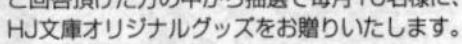